따라오지 마, 엄마! 1

는 최강 드래곤에게 키워진 아들,

반해서 모험가가 되다~

이바라키 노

CONTENTS

프롤로그 최강의 용과 평범한 아들의 이야기 ⋯ 003

1장 아들 상경 편

1화 과보호하는 엄마와 자립하고 싶어 하는 아들 ⋯ 012
2화 사룡, 아들의 생일을 축하하다 ⋯ 024
3화 사룡, 아들과 같이 도시로 나가다 ⋯ 038
4화 사룡, 아들과 같이 길드에 가다 ⋯ 054
5화 사룡, 아들과 퀘스트를 가다 ⋯ 065
6화 사룡, 면접하다 ⋯ 076
7화 사룡, 아들과 새로운 집에서 살다 ⋯ 093
8화 사룡, 아들의 모험을 서포트 하다 ⋯ 102
9화 아들, 길드에서 찬사(오해)를 마구 받다 ⋯ 119
10화 아들, 엘프 누님한테 고민을 털어 놓다 ⋯ 128
11화 사룡, 아들의 모험을 지켜 본다 ⋯ 139
12화 사룡, 아들에게 선물을 받다 ⋯ 151

2장 아들 특훈 편

1화 사룡, 던전 보스를 숏덩이로 만들다 ⋯ 162
2화 사룡, 천궁의 성에 아들을 가두다 ⋯ 172
3화 사룡, 언니 엘프에 위로를 받다 ⋯ 188
4화 아들, 목표를 세우다 ⋯ 199
5화 사룡, 아들 일행의 모험을 방해하지 않는다 ⋯ 210
6화 사룡, 아들 파티의 레벨을 쌓기를 방해하지 않는다 ⋯ 223
7화 사룡, 아들 파티의 고블린 퇴치를 방해하지 않는다 ⋯ 235
8화 아들, 보스 몬스터한테 시합 접대를 받다 ⋯ 246
9화 사룡, 아들 파티를 데리고 과거로 점프 ⋯ 262
10화 사룡, 아들의 승리를 믿고 기다리다 ⋯ 274
11화 사룡, 아들에게 연인이 생겼다고 착각하다 ⋯ 299
부록 사룡, 한껏 꾸미다 ⋯ 315

ILLUST : 카기야마/Clave

계절은 여름. 태양이 아직 다 뜨지 못한 이른 아침.

초여름의 산뜻한 바람이 쏴아아…… 하고 숲의 나무들을 흔들었다.

그 숲은 멀리 보이는 산맥까지 펼쳐져 있었다. 산맥의 기슭에 있는 동굴 근처까지.

한 마리의 작은 토끼가 그 자리에 주저앉아 움직이지 않고 있었다.

"뀨……."

토끼가 연약하게 울며 도움을 청하고 있던 바로 그때.

"너, 괜찮니? 다리에 상처가 났구나."

토끼 앞에 한 소년이 나타났다.

나이는 열다섯 살 전후일 것이다. 키는 나이에 비해서 작다. 커다랗고 검은 눈동자와 부스스한 검은 머리카락.

"뀨……."

토끼가 경계심을 드러냈다. 소년은 안심시키려는 듯이 미소 지었다.

"아팠겠네. 괜찮아. 내가 간호해줄게."

소년의 맑은 눈동자를 보고 토끼는 경계를 풀었다.

그는 웅크리고 앉아 토끼를 안아 들고서는 안심시키려는 듯이 미소 지었다.

"최근에 상처에 잘 듣는 약초를 배웠어. 그걸 바르면 금방 좋아질 거야."

소년이 토끼를 치유하려고 【둥지】로 돌아가려고 한⋯⋯ 바로 그때였다.

"뀨!"

토끼가 갑자기 큰 울음소리를 내고 도망치려고 버둥버둥 다리를 움직였다.

"어, 왜? 왜그래⋯⋯?"

동물의 범상치 않은 분위기에 소년이 당황한 그때였다.

"GUROOOOOOOOOOOOOOOOOOOO!!!!"

갑작스럽게 숲 안쪽에서, 커다란 호랑이가 튀어나왔다.

"우, 우와⋯⋯! 모, 몬스터?!"

소년은 그 자리에 엉덩방아를 찧었다.

눈앞에는 어른의 2배 정도는 될 것 같은, 거대한 호랑이형 몬스터.

"GUROOOOOOOOOOOOOOOOOOOO!!!!"

"힉⋯⋯!"

호랑이의 위협에 그는 눈물을 글썽이며 부들부들 떨었다.

"뀨, 뀨……."

품 안의 토끼가 겁을 집어먹었다.

소년은 그것을 보고, 꾹…… 입술을 깨물었다.

"괘, 괜찮아!"

소년은 토끼를 내려놓고, 호랑이 몬스터 앞에 섰다.

부들부들 무릎이 떨렸지만, 어떻게든 지면을 꽉 디디고 섰다.

"내, 내가 상…… 상대다!"

호랑이는 히죽…… 하고 웃더니, 몸을 굽히고 소년에게 뛰어들었다.

그가 죽음을 각오하고 눈을 감은…… 그때였다.

쿠오오오오오오오오오오오오옹!!!!

"뭐, 뭐야……?!"

뭔가 거대한 것이, 소년의 등 뒤에 떨어져 내린 듯했다.

소년은 그 자리에 웅크리고 앉아, 등 뒤를 쭈뼛쭈뼛 돌아보았다.

올려봐야 할 정도로 큰, 거대한, 검은 용이 거기 있었다.

온몸에 검고 날카로운 칼날 같은 비늘이 빼곡하게 나 있다.

그 눈은 선혈처럼 붉었고, 그리고 기분 탓인지 조금 빛을 뿜고 있는 듯이 보였다.

"GRUUUU…………."

사악한 외모의 용을 앞두고 부들부들 호랑이 몬스터가 몸을 떨었다.

한편, 소년은 그 드래곤을 보고 묘하게 안정되는 모습이었다.

"어, 저기……."

거대한 흑룡은 호랑이를 노려보았다. 그것만으로 숲이…… 우우웅 하고 떨렸다.

움찔……! 하고 호랑이가 위축되었다. 창백한 얼굴로, 눈앞의 강자에게 겁을 집어먹었다.

"있잖아. 이건……."

소년이 드래곤에게 말을 걸었다. 신기하게도 검은 용을 보고 겁먹은 모습이 아니었다.

【네놈이…… 네놈이이이이이이이!!!!】

검은 용은 입을 크게 벌리고, 몸을 뒤로 젖혔다. 마력이 드래곤의 입으로 모여들었다.

소년은 당황해서 토끼를 껴안고 그 자리에 엎드렸다.

【이 아이를! 겁주지………… 마아아아아아!!!!】

드래곤은 몸을 크게 젖히고, 그리고 기세 좋게 파괴의 광선을 뿜어냈다.

고오오오오오오!!!!

압도적인 열량을 지닌 빔이, 호랑이 몬스터를 향해 날

아갔다. 몬스터는 도망치지도, 단말마를 지르지도 못하고 빛의 분류에 삼켜져 소멸했다.

"우와아아아아!!!"

빔의 충격 때문에 그가 안고 있던 토끼와 함께 뒤로 날려가 버렸다. 하지만 수수께끼의 빛이 소년을 감싸고 있었다. 녹색의 빛이 그를, 마치 결계처럼 감쌌다. 그러니까, 튕겨 날아가 지면에 내동댕이쳐져도 아프지 않았다.

그렇게, 드래곤 브레스의 여파가 사라졌을 때.

"우와······."

드래곤이 있는 장소부터, 조금 전 호랑이 몬스터가 있던 장소, 그리고 그 등 뒤도, 일직선상에는 아무것도 남아 있지 않았다. 나무는 사라지고 지면조차 파헤쳐졌다.

브레스가 지나간 곳에는 먼지 하나 남아 있지 않았다. 무시무시한 위력이었다.

그런 초강력한 브레스를 뿜은 드래곤을 앞두고 소년은,

"정말! 뭐 하는 거야!"

놀랍게도 드래곤을 야단치고 있다.

【우우····· 미안해, 류 군······.】

게다가 놀랍게도 파괴의 힘을 보여준 최강의 드래곤이.

고작 인간 소년을 상대로, 침울해 하며······ 어깨를 움츠리고 있었다.

"주위에 민폐 끼치지 말라고 항상 말했잖아!"

【하, 하지만! 류 군이 걱정이었다구!】

드래곤은, 소년을 류 군이라고 부른 용은,

"우와아아아아앙! 류 구우우우우운!"

퐁! 하는 소리를 내며 인간의 모습으로 변하는 게 아닌가?

그곳에 있는 것은 검은 머리카락에 키가 큰, 아름다운 여성이었다.

확연하게 인간의 모습을 한 그녀는, 엉엉 울면서 그를 껴안았다.

"괜찮아?! 상처는 없어?! 류 군에 무슨 일이 있으면 정말로 나 죽을 거야아아아!"

여성은 소년을 힘껏 껴안고, 어린아이처럼 흐느껴 울었다.

"그 빌어먹을 녀석! 류 군의 마음에 막대한 충격을 남기다니이이이! 육체뿐만 아니라, 영혼까지 날려버려 줄까아아아아!"

"괘, 괜찮으니까……. 이제 더 이상 주위에 민폐 좀 끼치지 마."

소년의 표정은 두려움이 아니다. 그것은 어처구니없다는 감정이었다. 눈앞에서 엉엉 우는 여성에게 또 이래…… 라며 지긋지긋하다는 표정을 보였다.

"나는 괜찮으니까…… 걱정하지 마, 엄마."

그렇다……. 이 여성은 드래곤이 인간으로 변신한 모습이며, 소년의 엄마였다.

"하아아아앙♡ 아들이! 엄마의 귀여운 천사인 아들이! 기특하게도 엄마를 걱정시키지 않으려고 꿋꿋하게 행동하고 있어요~♡ 멋있어————!!!"

꺅꺅, 하고 높은 톤의 목소리를 내는 엄마를 보고 소년은 휴우 하고 한숨을 쉬었다.

"류 군의 무사를 기념해서 축하를 해야지요! 오늘 밤은 연회예요!"

"하지 않아도 된다니까! 정말! 엄마는 항상 지나치게 호들갑스러워!"

그렇게 말하더니 소년은 토끼를 안고 엄마랑 같이 집으로 돌아갔다.

아들의 이름은 류지. 엄마는 카르마.

이것은 최강이며 괴짜인 엄마와, 그 엄마에게 휘둘리는 아들의 이야기다.

모험에 따라오지 마,

엄마

1장
아들 상경 편

그날 아침, 류지는 눈을 떴다.

"쿨~, 쿨~, 류 군…… 에헤헤……♡"

얼굴을 살짝 옆으로 돌리자, 그곳에는 검은 머리카락의 미녀가 잠꼬대하고 있었다.

신장은 여성으로 치면 크다. 170센티 정도는 될 것이다.

매끄러운 검은 머리카락이 허리 부근까지 닿았다.

너무나도 큰 가슴, 보기 좋게 나온 엉덩이가 실로 섹시했다.

나이는 20세…… 자칫 10대로 보일 정도로 젊고, 아름답다.

이 여성이야말로 나를 【길러준】 엄마.

이름은 【카르마어비스】라고 한다.

"류 군…… 후훗, 류 군~♡ 정말 좋아해…… 음냐음냐."

폭신한 가슴에 류지는 얼굴을 묻고 있었다.

무지막지하게 좋은 냄새와 말도 안 되게 부드러운 물체

가 얼굴에 부딪혔다.

"휴……."

엄마 카르마는 류지를 소중한 듯이 껴안고 있었다.

어떻게 보면, 막 태어난 갓난아기를 껴안고 있는 듯한 모습이다.

"……그만하라고 말했는데."

류지는 꾹 하고 엄마를 밀어냈다.

그리고 엄마에게서 도망치려고 침대에서 일어나 "휴……."하고 다시 한숨을 쉬었다.

쭉 기지개를 켜고, 류지는 방 안을 둘러보았다.

이곳은 엄마와 류지가 사는 동굴이다.

그러나 동굴 안이라고 생각할 수 없을 정도로 물건이 넘쳐흐르고 있었다.

테이블과 의자 등의 가구가 충실했다. 물론 침대도 있다. 그러나 어머니의 침대는 텅 비어 있고, 류지의 침대에는 엄마가 자고 있다.

"또 밤중에 내 침대에 숨어들어왔구나……. 이제 좀 그만하지, 나도 벌써 15살이라니까?"

잠든 엄마에게 류지는 혼잣말을 했다.

'15살'은 이 세계에서 성인, 즉 어른으로서 카운트되는 나이이다.

어른이 된 아들의 침대에 엄마가 아무렇지도 않게 파고

들어 껴안는다.

어린 시절부터 무엇 하나 변하지 않고, 계속.

"……세수라도 할까."

그렇게 류지가 침실에서 나가려고 한 그때였다.

"헉! 류 군이 없어요! 어디 갔죠?!"

벌떡! 하고 카르마가 일어났다. 그 몸에는 아무것도 걸치고 있지 않다…….

출렁, 하고 거대한 가슴이 흔들리고, 류지는 고개를 돌리고 외쳤다.

"옷! 입어!"

사춘기 한복판인 류지다. 여성의 알몸에 흥미가 없는 건 아니지만, 아무리 그래도 자기 엄마의 부드러운 살결을 보고 흥분하진 않는다.

오히려 칠칠치 못한 복장의 엄마를 보고, 짜증이 났다.

그런 아들의 마음 따위 털끝만치도 신경 쓰지 않는 카르마는, 두리번두리번 주위를 둘러보았다.

"류 군! 여기 있었나요! 찾았잖아요!"

엄마는 알몸 그대로 꽃이 피는 듯이 미소를 지었다.

엄마가 달려와서 정면에서 껴안으려고 했지만, 류지는 휙 피했다.

"어째서 피하는 건데요?"

"오, 옷을 입으라고 했잖아!"

"옷은 입을 거예요. 하지만 일단 굿모닝 허그잖아요."

전라의 미녀가, 미소를 지으면서 양손을 뻗었다.

길러준 부모라고 알면서도, 젊은 여성의 가슴에 반사적으로 시선이 갔다.

"그 전에 옷을 입으라니까!"

"쳇, 알았어요. 잠시 기다려요."

카르마는 손을 쓱 들어 올렸다. 그리고, 딱! 하고 손가락을 튕겼다.

방울을 울리는 듯한 소리가 들리고, 어느샌가 엄마는 옷을 입고 있었다.

롱스커트와 썸머 스웨터라는 간소한 의복.

"……와. 대단해~."

엄마는 아무것도 없는 곳에서 물체를 만들었다.

이것은 카르마가 지닌 스킬 중 하나, 【만물창조】.

다양한 물건을 제로에서부터 만들 수 있다는, 말도 안되는 치트 능력이다.

카르마는 이 이외에도 다양한 스킬을 소유하고 있었다.

그것은 그녀가 【특별한 드래곤】이기 때문이지만…… 뭐 그건 제쳐놓고서.

"이제 됐나요? 그럼 허그를. 자 허그를!"

류지는 시선을 돌리고, "싫어"라고 대답했다.

"…………………"

"아, 딱히 엄마가 싫다는 게 아니라."

".........................."

"그게, 아무리 그래도 이미 성인이니까, 그런 어린아이 같은 행동은…… 아니, 엄마?"

엄마 쪽을 봤다. 카르마는 안면이 창백해져서 훌쩍훌쩍 울고 있었다.

"흑, 흑, 후에에에에에엥……."

카르마는 그 자리에 주저앉아서 스킬로 만든 손수건으로 얼굴을 가렸다.

"흑…… 끅…… 류 군에게…… 힝, 미움받았어요……."

몬스터를 브레스로 날려버리는 드래곤이 그 정도의 이유로 울고 있었다.

"아들에게 미움받는다면 앞으로 살아갈 이유가 없어요. 이제 죽을래요, 이 세계를 동반자로 삼아서."

카르마는 오른손을 들었다. 그 손에 검붉은 번개가 모였다.

류지는 알고 있었다. 저것은 엄마가 지닌 스킬 중 하나, 【만물파괴】다.

말 그대로 온갖 것들을 파괴하고, 죽일 수 있는 최강의 번개다.

"하지 마, 엄마!"

"안심하세요. 부수는 건, 류 군 이외. 즉 이 세계만. 당

신은 무사해요."

"세계가 멸망하면 나는 어떻게 살아가면 된다는 거야! 그만두라니까 정말!"

이렇게 엄마는 조금 나이브한 면이 있었다.

"엄마, 알았어! 알았다니까! 허그할 테니까!"

딱, 하고 카르마가 울음을 멈췄다.

벌떡 일어나더니, 양팔을 펼쳤다.

"자 오세요♡ 자자, 빨리!"

"알았다니까⋯⋯. 휴⋯⋯."

류지는 한숨을 쉬더니 엄마의 몸을 껴안았다.

벌꿀과 우유를 같이 조린 것 같은, 정신이 아득해질 정도의 달콤한 향기가 콧구멍을 찔렀다.

"류 군은 최고예요. 정말, 조그만해서 안는 감촉이 딱 좋아요♡"

류지는 깊은 한숨을 쉬었다.

올려보자 엄마의 아름다운 얼굴이 보였다. 카르마 쪽이 키가 크다.

엄마는 내려보고, 껴안고, 달래고, 완전히 【어린아이】로서 취급했다.

"귀여운 류 군♡ 러블리 류 군♡"

"어린아이 취급하지 말라고 늘 말했는데⋯⋯."

"배고파요? 젖 먹을래요?"

"아이 취급하지 마!"

그러자 카르마는 '무슨 말을 하는 거니?'라는 듯한 심각한 표정으로 말했다.

"당신은 엄마의 아들, 아이잖아요?"

"아니 그게 아니라. 나도 이미 성인이니까, 이젠 조금은 어른으로서 취급해줘."

이 세계에선 15살부터 노동에 종사할 수 있다.

그런데, 오늘도 어제랑 마찬가지로 어린아이처럼 취급받았다. 류지는 그게 싫었다.

"자, 굿모닝 허그가 끝났습니다. 바로 아침밥 먹어요. 그 전에 옷을 갈아입어야겠네요."

카르마는 류지가 입고 있던 파자마에 손을 댔다.

"됐다니까! 내가 갈아입을 거야!"

단추를 풀려는 그 손을, 류지는 뿌리치려고 했다.

"사양하지 마요. 한순간이니까."

카르마는 그대로 【만물파괴】 스킬을 발동.

파자마가 단숨에 사라지고, 그는 전라가 되었다.

"정말! 하지 말라니까!"

풀썩! 하고 류지가 그 자리에 웅크리고 앉았다.

"뭘 부끄러워하나요?"

깜짝 놀라, 진지한 표정으로 고개를 갸웃하는 카르마.

그 사이에 【만물창조】 스킬을 사용해서, 셔츠와 바지,

속옷 그리고 신발을 만들어냈다.

"자, 갈아입어요. 일어나 주세요. 일단 팬티부터랍니다."

카르마가 팬티를 들고 류지에게 입히려고 했다.

"정말! 진짜! 내가 갈아입을 수 있다니까!"

그러자 카르마는 싱긋 웃으면서 말했다.

"당신은 아무것도 하지 않아도 괜찮답니다. 아들에게 옷을 입히는 것은, 엄마의 일이니까."

카르마는 희희낙락, 류지의 팬티를 든 채로 그를 일으키려고 했다.

그 얼굴은 거짓말을 하는 듯이 보이지 않았다. 진심으로 그를 돌보는 게 기뻐 보였다.

류지는 싫었지만, 아무리 미녀의 외모이긴 해도 상대는 몬스터.

당연히 완력 스테이터스에서 류지는 참패. 그녀를 힘으로 이길 수 있을 리가 없다.

도망치려고 해도 팔을 꽉 잡고 있으니 그 자리에서 미동도 할 수 없다.

싫어하는 류지에게 엄마가 기쁜 듯이 옷을 갈아입혔다.

"네, 다 갈아입었네요. 오늘도 잘 갈아입다니, 훌륭해요."

옷을 다 입은 뒤에 류지는 어머니한테서 바로 물러섰다.

"잘, 이고 뭐고 나는 아무것도 안 했어……."

"그 자리에 서서 엄마가 옷을 잘 갈아입힐 수 있도록 했잖아요. 대단해요. 아무나 할 수 있는 일이 아니랍니다."

진지한 표정으로 저런 소리 하는 엄마.

"바보 취급하는 거야……?"

"설마! 그럴 리가 없잖아요!"

카르마가 고개를 저으며 부정했다.

"류 군을 바보 취급 따위 할 리가 없잖아요!"

그 기백에 눌려서 류지는 그 자리에 엉덩방아를 찧었다. 그녀는 진심으로 화를 냈다.

"엄마의 무지막지하게 소중한 보석, 그런 류 군을 바보 취급 따위 할 리가 없잖아요?!"

엄마가 진심으로 화를 냈다. 그 분노에 노출된 류지가 부들부들 떨었다.

"헉! 미미미미, 미안해요, 류 군!"

혈색이 가신 얼굴로 카르마는 류지의 옆에 웅크리고 앉아 껴안았다.

"지금 바로 회복마법을 걸게요!【초절 회복^{마스터 힐}】!【사자 완전 재생^{레이즈 데드}】!【상태이상 완전 회복^{퍼펙트 리커버}】!"

각자 최상급 빛마법(회복 마법)이다.

카르마어비스라는 사룡은 유상무상의 몬스터와 달랐다. 이 세계에 존재하는 모든 마법을 사용 가능. 몸에 내포한 마력량은 무궁무진. 아무리 마법을 연발하더라도, 마력이 다 떨어질 걱정은 없다. 자신의 엄마는 말 그대로 괴물인 것이다.

"엄마, 괜찮다니까. 그렇게 많은 회복마법을 걸지 않아도 돼."

"아니요! 안 돼요! 엉덩방아 찧었을 때 어디 부딪혔으면 어떡해요!"

엄마는 새파란 얼굴로 부들부들 입술을 떨었다.

"그러니까 괜찮다니까……."

"하지만 일어나지 못하잖아요! 아아, 어떡하죠, 안 좋은 병에라도 걸렸으면!"

단순히 조금 전 엄마의 분노에 닿아 겁먹고 다리에 힘이 풀렸을 뿐이었다.

류지는 기합을 넣고, 일어섰다.

"아아…… 이게 어찌 된 일인지……."

카르마는 그 자리에 주저앉아, 주르륵…… 폭포 같은 눈물을 흘렸다.

"류 군이 혼자 섰어요……. 중병을 뿌리치고, 그 두 다리로 똑바로 서 있다니……. 아아 훌륭해요……."

"……중병이라니 뭐야, 휴……."

어두운 표정의 류지를 아랑곳하지 않고 엄마는 밝게 웃었다.

"오늘 완쾌 기념과 성인식, 즉 더블로 축하해야겠네요!"

희색만면의 카르마는 딱! 하고 손가락을 튕겼다.

테이블 위에는 어마어마한 양의 호쾌한 식사가 놓였다.

"점심은 이 두 배의 요리를! 그리고 저녁에는 그보다도 두 배인 호화로운 식사를 준비할 거예요! 기대해 주세요, 류 군!"

마구 의욕을 내는 엄마를 보며…… 류지는 한숨을 쉬었다.

"……역시, 이대로는 안 되겠어."

"네, 뭐 가요?"

아무것도 아니야, 라고 류지는 대답했다. 그러나 그 얼굴은 결의로 가득했다.

류지는 결심한 것이다.

15세가 되는 오늘. 집을 나가 독립을 하겠다고.

생일날 밤. 거실에서.

"자! 류 군의 생일, 야간 편 개시할게요!"

엄마 카르마는 싱글벙글하면서 딱! 하고 손가락을 튕겼다.

호화로운 요리가 류지 앞에 순간적으로 나타났다.

"우웁……."

류지는 창백한 얼굴로 입을 가렸다.

이미 아침, 점심에 마찬가지로 호화로운 요리를 먹은 것이다.

맛있는 밥도 대량으로 3번이나 계속되면 한계가 온다.

"류, 류 군?! 왜 그래요?!"

카르마가 허둥대며 류지의 어깨를 잡았다.

"설마 병?! 불치병?!"

"괘, 괜찮아, 병은 아니니까……."

휴우…… 하고 류지는 한숨을 쉬었다.

이 식사도, 전부 다 먹을 수 없다…… 라고 생각하니 지금부터 마음이 무거웠다.

【남기면 되지 않아?】

"하지만…… 모처럼 엄마가 만들어준 요리고……아니, 어라?"

그때 깨달았다. 지금 자신이 여기 없는 누군가와 대화를 하고 있다는 사실을.

【후후…… 류는 정말, 상냥하구나~】

어디서부터 여성의 목소리가 들리는 게 아닌가? 물론 엄마의 목소리가 아니다.

엄마는 조금 앳된 느낌이 남아 있는, 높은 목소리.

그 한편 지금, 조금 전에 들린 것은 차분한 어른 여성의 목소리다.

"읍! 이 목소리는……!"

카르마가 아름다운 눈썹을 휙 치켜올렸다. 아무래도 목소리의 주인에 짐작이 가는 바가 있는 모양이다.

그것은 류지 역시도 마찬가지였다. 아는 목소리였으니까.

"체키타 씨? 계신가요?"

류지는 두리번두리번 주위를 둘러보았다. 그러나 목소리의 주인은 보이지 않았다.

【있어~? 여기야♡】

이렇게 말하지만, 이 자리에는 류지와 엄마 이외에는 보이지 않는다.

【어디 보고 있어, 류~. 여기라니까♡】

"그러니까 어디에……?"

쿡쿡…… 하고 누군가가 류지의 오른쪽 어깨를 손가락으로 찌른 것이다.

찌른 쪽을 돌아보니…… 꾸욱, 하고 손가락으로 류지의 뺨에 보조개를 만들었다.

"후훗♡ 류는 주의력이 산만하네~."

그 사람은 후훗 웃으며, 뺨을 손가락으로 콕콕 찔렀다.

"체, 체키타 씨. 놀리지 말아 주세요……."

거기 있는 것은, 아름다운 엘프다.

키는 엄마랑 비슷할 정도로 크다……. 아니, 엄마보다 키가 더 크려나.

늘씬하니 긴 팔다리. 쏙 들어간 허리.

그리고 놀라운 것은 그 너무나도 거대한 가슴이다. 류지의 얼굴보다 큰 가슴이, 류지의 얼굴 바로 옆에 있다. 남국의 꽃처럼, 눈앞이 아찔해질 정도로 달콤한 향기, 너무나도 큰 가슴에…… 사춘기의 류지는 얼굴을 붉혔다.

"체, 체키타 씨. 가까워요…… 그게, 여러모로……."

"어머나, 류의 얼굴이 붉네? 언니의 가슴을 보고 흥분해 버렸니?"

킥킥, 하고 체키타가 여유로운 미소를 띠었다.

으으……하고 류지는 얼굴을 더 붉히고, 몸을 움츠렸다.

자 그 한편, 엄마 카르마는 어떠냐면.

"아들한테서 떨어져, 이 쓸데없는 살덩이 엘프!"

카르마는 분노를 드러내더니 체키타를 향해 주먹을 휘둘렀다.

하지만, 훅…… 하고 조금 적까지 거기 있던 체키타가 연기처럼 사라졌다.

카르마의 주먹이 허공을 갈랐다.

항상 류지의 앞에서 밝은 미소를 지우지 않는 엄마는 진짜 싫은 듯한 표정을 지었다.

그렇게 엄마의 얼굴을 관찰하던 그때였다.

체키타가 갑자기 나타나서 정면에서 류지를 껴안았다.

"아악────────!!!!"

카르마의 비통한 비명이 거실에 울려 퍼졌다.

"류~. 생일 축하해♡ 오늘부터 어른의 계단으로 올라왔구나♡"

체키타는 자애로 가득한 얼굴로 류지를 포옹…… 하고 있었던 걸까?

하지만 그 너무나도 큰 가슴에 류지의 얼굴은 완전히 묻혔다.

"가, 감사합니다……."

류지는 체키타에게 몸을 맡기고, 엘프는 그의 얼굴을 상냥하게 쓰다듬었다.

그 광경을 가만히 지켜볼 수 없는 드래곤이 한 마리.

"류 군에게서 떨어져! 이, 변태 엘프━━━━━!"

분노한 표정을 띠면서, 카르마가 오른손에 【만물파괴】의 번개를 깃들였다.

"어, 엄마 난폭한 짓은 하지 마! 체키타 씨는 나의 생일을 축하하러 와준 거잖아."

"으, 그런가요……. 류 군을 봐서 이번에는 용서해 줄게요."

카르마가 번개를 지웠다.

안도의 한숨을 쉬는 류지. 다행이야, 큰일이 벌어지지 않아서…….

"여전히 시끌벅적하니 즐겁네~."

체키타가 후훗하고 우아하게 웃었다.

"그래요, 당신이 오기 전까지는, 이곳은 즐거운 공간이었어요."

"너무해~ 언니는 슬퍼. 너를 그런 식으로 키운 기억, 언니는 없는 걸."

"당신에게 키워진 기억 따위 없어. 빨리 나가."

휙, 하고 카르마가 고개를 돌렸다.

체키타는 또 훅 사라지더니, 이번에는 카르마의 뒤에 출현했다.

"흐앙?!"

놀라는 카르마를 체키타가 뒤에서 포옹했다.

"언니가 있으면 엄마 노릇 못하니까, 빨리 돌아가 줬으면 하는 거니?"

"그, 그런 생각은 조금도 하지 않았다고요! 그 쓸데없는 살덩이를 밀어붙이지 마!"

"아옹~♡"

꺅꺅, 소란 피우는 카르마.

"아니 당신은 어째서 그리 획획 자꾸 모습을 드러내는데요! 【감시자】의 임무는?!"

"자자 괜찮아. 오늘은 류의 생일이니까, 언니도 축복하게 해줘."

감시자. 그게 이 아름다운 엘프의 사명이자 직업이다.

엄마라는 위험한 드래곤을 국가가 방치하고 있을 리가 없다.

그래서 국왕이 엄마 카르마를 뒤에서 지켜보는 역할을 부여한 존재.

그게 체키타라는 여성……인 것 같다.

"빨리 업무로 돌아가세요. 사라지라고요!"

"아 정말~. 어째서 너는 항상 매번 언니한테 퉁명스럽니."

체키타의 말에 류지도 고개를 끄덕였다.

둘은 오래된 사이라고 한다. 그런데 왠지 카르마는 체키타를 일반적으로 혐오하고 있다. 신기한 일이다.

"설마 너, 언니가 류에게 젖을 물린 것에 원한 품고 있니?"

그러자 카르마가 얼굴을 새빨갛게 물들이고 "아닌데요!"라고 부정했다.

"뭐 기분은 이해해. 자신의 아이에게 자기 젖을 먹이지 못했는걸."

"그 모든 것을 다 안다는 표정, 속이 뒤집히니까 즉각 그만두세요."

"옛날에는 귀여웠는데 말이지~. '체키타, 밥을 줬는데 류 군이 울음을 멈추지 않아요. 어쩌지, 병일까.'라고."

"성대모사 그만해!"

그런 건가…… 라고 류지는 이해했다.

아무래도 체키타가 드래곤 엄마에게 아기를 돌보는 법을 가르친 모양이다.

"정말! 당신은 뭐 하려고 온 건가요! 모처럼 류 군과 다른 사람 끼지 않고 모자간의 멋진 시간을 보내려고 했는데!"

"뭐냐니, 류에게 축하의 말을 건네려고 온 게 뻔하잖니? 류~, 이거 선물."

체키타는 가슴 사이에서 포장된 작은 상자를 꺼냈다.

류지가 포장을 풀자, 안에는 멋진 디자인의 손목시계가 담겨 있었다.

"감사합니다! 소중히 쓸게요!"

"후후, 다행이네~. 그것을 이 누님이라고 생각하고 소중히 쓰렴♡"

류지가 기운차게 고개를 끄덕였다.

그 모습을, 카르마가 얼굴을 찌푸리며 바라보았다. 사이 좋아 보이는 게 마음에 들지 않는 모양이다.

"카르마. 당신 몫은 또 다음에~."

"네? 무슨 이야기죠……?"

카르마가 고개를 갸웃했다.

"뭐냐니 너, 자기 생……!""체, 체키타 씨!"

류지는 체키타에 말을 가로막듯이 말했다.

지금 체키타가 말해버리면【계획】이 어그러지고 만다.

"……아아, 그런 거구나."

류지의 당황하는 모습을 보고, 후훗 하고 체키타는 웃었다.

"아무것도 아니야. 잊어."

"뭔가요. 의미심장한 듯한 대사나 하고?"

"그건 나중의 즐거움이라는 거지. 자 그럼, 이 언니는 슬슬 퇴장할게~."

체키타가 류지와 엄마를 보며 말했다.

"그런…… 체키타 씨도 같이 식사하고 가시지 않는 건가요?"

"그것은 무척 기쁜 제안이지만, 이 언니가 있는 것을 유쾌하게 생각하지 않는 아이가 있으니까 말이야."

체키타는 카르마를 보고 후훗 하고 웃었다.

"빨리 돌아가 주세요."

"엄마도 정말! 어째서 사이좋게 지내지 못하는 거야?"

"못해요. 저는, 이 여자가 싫으니까요."

휙…… 하고 고개를 돌리는 카르마.

한 편 체키타는 싫다는 말을 들어도 무시. 여유로운 미소를 띠고 있다.

"그럼 둘 다 나중에 봐♡"

체키타가 손을 흔들더니 안개처럼 사라졌다.

"방해꾼도 없어졌으니까! 류 군의 생일, 야간 편을 재개할게요!"

☆　　☆　　☆

식사를 끝내고, 한숨 돌렸다.

카르마는 【만물파괴】 스킬을 사용해서, 다 먹은 식기를 소멸시켰다.

창조와 파괴가 쉬운 카르마에게 식기는 일회용이다.

"후후, 드디어 케이크의 등장입니다. 짜잔!"

웨딩 케이크 급의 거대한 케이크를 카르마가 희희낙락

하며 가지고 왔다.

류지는 경련하는 표정으로 그것도 전부 다 먹었다.

……딱히 류지는 엄마를 싫어하지 않는다.

과보호하는 부분은 싫지만, 엄마 개인을 혐오하고 있는 게 아니었다.

엄마가 진심으로 류지가 태어난 것을, 성인이 된 것을, 축하해주고 있다.

그것은 류지에게 기쁜 일이기도 했다.

……뭐 축하하는 방법이 평범치 않은 것은 조금 그만뒀 으면 싶지만.

케이크를 다 먹고, 한숨 돌렸다.

류지는 결심했다. 드디어 왔다.

둘만 사는 동굴의 거실 공간.

테이블을 끼고 앉아 있는 엄마에게 류지는 말했다.

"엄마 중요한 이야기가 있어."

"흠, 들어볼게요."

류지는 자세를 바로잡고 엄마를 향해 말했다.

"엄마…… 나, 집을 나가고 싶어."

류지의 일대 결심.

예전부터 말하고 싶었다. 성인이 되면, 이 집을 나가겠 다고.

……그러나 그 말을 하는 데는 꽤 용기가 많이 필요했다.

그도 그럴 것이 엄마는 아들을 무척 좋아하는 드래곤이다.

내가 나간다고 말하면, 무척 난폭해질 것이다 싶었다.

그러나⋯⋯.

"흠. 과연. 알았어요."

예상과 달리, 엄마의 반응은 담백했다.

"이, 이해해주는 거야?"

"예. 그러네요. 엄마도 슬슬 이사할 때라고 생각했어요. 이런 어두운 동굴이 아니라, 좀 다른, 초원 같은 곳에 집을 짓는 것도 좋을지도 모르겠네요."

"⋯⋯응? 으응?"

엄마와 결정적으로 대화가 맞물리지 않았다.

"저기⋯⋯ 엄마. 무슨 이야기 하는 거야?"

"이사 이야기잖아요? 여기가 싫으니까, 다른 장소로 이사하고 싶은 거죠?"

카르마는 깜짝 놀라서 고개를 갸웃했다.

⋯⋯류지는 깨달았다. 엄마에게 류지의 의사가 전혀 전달되지 않았다.

엄마는 단순히, 아들이 이사를 청원했다고 해석하고 있는 듯했다.

"아니야. 그게 아니야."

"그럼 무슨 이야기인가요?"

⋯⋯이제 여기까지 온 터라, 말한 뒤의 여파는 고민하지

않고, 류지는 확실하게 말했다.

"나, 이 집을 나가서 도시에서 혼자 살고 싶어. 엄마 곁을 떠나, 혼자."

머뭇머뭇, 류지는 엄마를 봤다.

엄마는 온화한 표정을 짓고 있었다.

다행이야…… 허락해 주나……?

그런 옅은 기대는, 하지만 금방 박살이 났다.

"…………."

"엄마?"

"…………."

……말을 걸어도 반응이 없었다.

이상하다는 생각에 일어서서 엄마의 어깨를 쿡 하고 찌르자.

꽈당!! 하고 그 자리에서 카르마가 뒤로 넘어가는 게 아닌가?

"눈을 뜬 채로…… 기절했어?!"

그런 수준의 충격이었나……. 그렇게 생각하면 미안했다.

아니 그러나, 라며 류지는 마음을 독하게 먹었다.

"엄마, 나.""아─────!"

벌떡 일어나서, 큰 목소리로 카르마는 외쳤다.

"아! 아! 아무것도 안 들려요! 아~무 것도 안 들린다고요!"

이 엄마…… 현실 도피하고 있어!

"엄마! 그러니까 나, 독립을."

"자 이제 잘 시간이네요! 굿나잇 허그를 하고 엄마와 같이 자요!"

아무래도 엄마는 이 건을 듣지 못한 것으로 하고, 흐지부지하게 만들 작정이다.

일어서서 도망치려는 엄마. 류지는 그 손을 잡고 말했다.

"엄마! 제대로 들어줘!"

"싫————어!"

그리고 카르마는 "변신!"이라고 외쳤다.

인간의 모습이었던 카르마가 단숨에 사룡의 모습으로 변했다.

올려봐야 할 정도로 거대한 용.

그 몸에서는 암흑의 아우라가 흘러넘치고 있었다.

보고 있는 것만으로 떨릴 정도의 흉악한 외견. 사룡의 이름에 꿀리지 않는 위용.

카르마는 사룡 상태로 아들에게 말했다.

【집을 나가고 싶다면, 이 엄마를 쓰러트리고 가세요!!!】

"말도 안 되는 소리 하지 마!!"

무엇보다 이 사룡, 평범한 드래곤이 아니다.

국가에서 【감시자】를 둘 필요가 있을 정도의 이유가, 엄마에게 있는 것이다.

"그도 그럴 게 엄마, 세상을 멸망시키려고 한 사신을 먹은, 최강의 사룡이잖아!"

수백 년 전. 세계를 멸망시키려던 사신이 있었다.

이름은【사신왕 베리얼】.

파괴와 혼돈을 지배하는 사신을, 카르마가 쓰러트리고 그 힘을 흡수한 것이다.

신을 죽였다고 하는 최강의 사룡의 레벨은 MAX인 999.

일반적인 강함밖에 지니지 못한 류지로서는 절대로 이길 수 없다.

……그렇다고는 해도, 이 세계의 누구도 엄마는 이길 수 없지만.

【무리한 짓이라면 하지 말아요. 계속 엄마 곁에 있을 것! 자, 결정!】

사룡 카르마어비스가 아들을 내려보면서 그런 어린애 같은 말을 했다.

"싫어! 나갈 거야! 여기를 나가서 모험가가 되는 거야!"

【그렇다면 엄마를 쓰러트리는 거예요! 꼭 나가고 싶다면, 이 엄마의 시체를 넘어가라아아아아아!】

"그런 각오 없다고오오오오오!!!!"

……결국, 이날은 "나갈래!" "안돼!"라는 대화를 반복하고 정신을 차리고 보니 날이 밝아버린 것이다.

다음날. 류지는 집을 나가, 도시에 도착했다.

"여기가 카미나 시구나……!"

성문을 지난 류지를 맞이한 것은 수많은 사람과 건물이다.

이 도시의 이름은 카미나.

류지가 엄마와 사는 곳은 천룡 산맥이라고 하는 이 나라 남부의 산기슭.

거기서 몇 킬로 떨어진 곳이 바로 이 도시다.

왕도 셰아노와 수도 마시모토와 비교하면 물건도 사람도 적지만, 그래도 지방의 대도시로 구별된다.

마차를 탄 상인. 모험가로 보이는 무리. 들떠서 뛰어다니는 아이들.

그 어느 것도 류지에게는 새로워서, 눈에 비치는 모든 것을 쫓게 된다.

"이곳에서 나의 새로운 생활이 시작되는 거야!"

기분이 고양되었다. 새로운 생활에 상상의 나래를 펼치

던 그때였다.

"아니죠, 류 군. 우리, 잖아요?"

……고양된 기분이 일변, 류지는 어두운 표정으로 옆을 봤다.

"엄마……."

어째서 카르마가 여기 있는가 하면, 이야기는 몇 시간 전으로 거슬러 올라간다.

류지가 나간다고 선언한 그 날.

카르마는 절대 바깥에 아들을 내보내 주려고 하지 않았다.

아무리 설명해도 엄마가 고개를 끄덕이는 일은 절대 없었다.

그러니까…… 류지는 미안하다고 생각하면서도, 최후의 수단을 쓰기로 했다.

'집에서 내보내 주지 않는다면, 엄마를 싫어하게 될 거야!'

……그다지 사용하고 싶지 않은 수단이었다. 그도 그럴 것이 그것은 엄마를 상처입히기 위한 대사니까.

카르마를 싫어하게 될 리가 없다. 그리고 류지는 카르마가 이렇게 말하면 무척 침울해할 것을 알고 있다. 그러니까 가능하다면 사용하고 싶지 않은 수단이었지만, 그렇게라도 하지 않으면 평생 동굴 생활이 계속될 것 같았으니까.

결과, 싫어하게 된다는 말을 들은 카르마는 엉엉 운 뒤에, 승낙해주었다.

그렇게 해서 류지는 집을 나갈 수 있게 되었지만.

출발하는 날 아침, 나들이복을 입은 엄마는 이렇게 말했다.

'엄마도 따라가겠어요.'

'뭐?!'

'역시, 류 군을 혼자 바깥에 내보낼 수는 없어요. 바깥은 위험이 너무 많아요.'

그러나, 엄마는 계속 말했다.

'이 엄마가 있으면 안심 안전. 모든 적을 1초만에 배제할 수 있으니까요.'

'아니…… 내 말 듣긴 했어?! 독립한다고 말했잖아!'

그러자 카르마는 '정말 그래도 괜찮아요?'라고 냉정한 어조로 말했다.

카르마는 오른손에 파괴의 번개를 깃들였다.

'거부하면, 이 별을 파괴해야만 하게 되는데요?'

이, 이 사람……. 행성을 인질로, 따라올 속셈이야……!

'엄마가 파괴해버릴 거라니까요? 진심이라니까요?'

결국, 류지는 꺾이고, 엄마와 동반해 집을 나가게 된 것이었다.

이걸 독립이라고 말할 수는 없지만, 그래도 바깥 세계로 나올 수 있어서 기뻤다.

……그래도 옆에 있는 드래곤 엄마를 보면 낙심하게 되지만.

이야기를 돌려서, 현재는 정오가 되기 조금 전 정도다.

성문에서 벗어난 류지는 그대로 카미나의 중심 거리를 걸었다.

참고로 이 도시까지 엄마의 전이 스킬을 사용해서 단번에 도착했다.

"왜 그래요? 헉! 몸이라도 안 좋나요?! 지, 지금 엄마가 회복마법을!"

"필요 없으니까……."

"그, 그럼 어째서 그렇게 어두운 표정을 짓고 있어요?!"

엄마 탓이야…… 라고는 말하지 못했다.

길러준 부모에게 그런 지독한 말은 할 수 없는 것이다.

"아무것도 아니야…… 신경 쓰지 마."

"……이렇게, 이렇게, 상냥한 아이라니."

카르마는 주르륵 눈물을 흘리더니 그 자리에 주저앉아, 흑흑하고 울었다.

"엄마를 불안하게 하고 싶지 않아서, 꿋꿋하게 행동하는 그 상냥함. 너무 기뻐서 하늘로 승천할 거 같아요."

미녀가 폭포처럼 눈물을 흘리며, 바닥에 주저앉아 있다.

거리를 걷던 사람들의 시선이 일제히 모였다.

그렇지 않아도 엄마(인간 버전)는 너무 미인이라 눈에 띈다.

"그만해! 일어서라니까 정말!"

휙 하고 카르마의 팔을 잡고 끌어올렸다.

"오늘 밤은 팥밥을 짓겠어요. 류 군이 처음으로 휙 잡아당겨준 기념이에요."

참고로 기념일로는 【처음 엄마라고 불러준 날】과 【처음 엄마와 목욕탕에 들어가 준 날】 등등이 있다. 카르마에게는 365일이 기념일이었다.

"바보 같은 소리 하지 말고 가자."

"네, 모처럼 도시로 왔으니까요. 엄마와 같이 산책해요!"

쓴웃음 지은 류지의 손을 잡고, 카르마는 만면에 미소를 띠고 고개를 끄덕였다.

☆　☆　☆

정오가 조금 지난 중심 거리를 류지는 엄마와 같이 걸었다.

"아아, 아들과 외출이라니~♡ 너무 들뜨네요~."

"엄마 그만둬. 진짜 떠 있으니까 지금."

바람 마법이 발동해서, 카르마는 둥실둥실 떠 있었다.

"어머. 어느 사이에."

"자각도 없이 그랬어?"

"네, 눈치채지 못했어요."

무의식적으로 마법을 사용할 수 있다니. 과연 엄마라고 감탄하는 한편, 마법 하나 제대로 다루지 못하는 자신에게 열등감을 느끼는 류지였다.

"왜 그래요, 류 군! 누가 싫은 짓이라도 했나요?! 어디 누구야!"

카르마가 입에서 기염(진짜 불꽃)을 토하며, 주위를 둘러보았다.

"없어, 그런 사람……."

"그럼 어째서 어두운 표정을?"

"그건…… 아니, 아무것도 아니니까 신경 쓰지 마."

쓸데없는 소리를 해서 엄마를 걱정 끼치고 싶지 않았다.

류지와 엄마는 인파를 누비며 걸어갔다.

"그런데 류 군. 지금부터 어디로 가나요?"

"일단…… 가고 싶은 장소가 있어."

"유원지? 장난감 가게? 소프트크림 가게는 저쪽에 있었는데요?"

휴, 하고 한숨을 쉬었다. 그러니까 정말, 어린아이 취급은 그만해줘…….

"……모험가 길드야."

류지는【감시자】엘프에게 모험가의 존재를 들었다.

동료와 협력해서 던전을 탐색하고, 보물을 발견하거나, 나쁜 마물을 토벌하는 직업.

그렇다, 동료다. 태어나서 지금까지, 류지는 동 세대의 친구는커녕, 엄마(와 감시자) 이외의 사람과 제대로 만난 적이 없었다.

그렇기에, 류지는 동료와의 모험을 남들보다 훨씬 동경하고 있었다.

그렇기에 독립하면, 모험가가 되려고 결정해 뒀었다.

"모험가인가요? 류 군이라면 왕도 될 수 있을 텐데."

최강 엄마가 있으면 이 별을 인질로 삼아 왕이 되는 것도 가능할 것이다.

그러나 그럴 마음은 전혀 없었다.

"나는 평범한 게 좋아. 평범한 생활을 하고 싶어. 왕 따위 되고 싶지 않아."

"으음, 그런가요……? 뭐, 류 군이 좋다고 하면 좋아요!"

모험가 길드를 목표로 삼고 거리를 걷는 류지와 엄마.

카미나는 지방 도시일 텐데 사람이 많다.

엘프와 드워프라는, 인간 이외의 종족도 종종 보였다.

"체키타 씨가 이곳은 역참 마을이라 유동 인구가 많다고 그랬어."

"흐—응."

"엄마는 흥미 없어?"

"없어요. 이 세계에 있는 류 군 이외에는, 아무래도 좋아요."

엄마가 류지의 손을 꼭 잡았다. 에헤헤, 하고 어린아이 같은 미소를 띠웠다.

"이 세계에 류 군만 있으면 엄마는 그것만으로 하루하루가 해피하답니다♡"

그럼 혹시 내가 죽는다면? 이라고 말하려다가 그만뒀다.

어떻게 될지 그딴 건 듣고 싶지 않았다. 세계를 멸망시킬 게 뻔했다. 오래 살아야지.

"길드는 어디에 있을까⋯⋯?"

포장된 도로를 걸으면서 류지가 두리번두리번 주위를 둘러보았다.

"아! 류 군! 저기!"

"어, 길드가 보여?"

엄마가 가리킨 곳에 있던 것은⋯⋯.

"엄마랑 아기?"

젊은 엄마가, 작은 아기와 걷고 있다.

"엄마. 안아줘~."

"정말 어쩔 수 없다니까~."

아이가 칭얼대고 엄마가 쓴웃음 지으면서, 웃차 하고 안아 들었다.

카르마는 그것을 보고, 휙 돌아 류지를 봤다.

"있잖아요!"

"저기 그게…… 그러니까 뭐?"

카르마가 반짝반짝 빛나는 눈으로 봤다.

"서, 설마…… 저거 하고 싶어?! 싫어! 나는 안 할 거니까?!"

"치. 그런가요…… 아쉽네요."

축, 하고 쳐져서 카르마가 침울해했다.

낙심시켜서 미안하다고는 해도, 아무리 그래도 안겨서 거리를 걷고 싶지는 않다.

"아, 류 군! 저거저거!"

낙심한 표정에서 확 바뀌어 미소를 지은 엄마가 다른 방향을 가리켰다.

"모험가 길드가 있었어?"

그곳에는 이번에도 역시 젊은 부부와 그 자식으로 보이는 아기가 있었다.

"아~빠, 엄~마! 그네 하고 싶어!"

"어쩔 수 없네~."

"좋아, 손 꽉 쥐어야 해?"

그렇게 말하고 아빠가 아기의 오른손을 엄마가 왼손을

쥐었다.

"자 그네~."

"와~아!"

아빠와 엄마가 아이의 팔을 잡아 들었다. 아이가 공중에 떠서 매달린다.

"있잖아요!"

라며 카르마가 그것을 가리키고, 멋진 미소를 지었다. 설마 저걸 하고 싶다는 거야?

"하지만 엄마. 저거 혼자서는 할 수 없어."

""걱정하지 마세요. 분신도 할 수 있으니까.""

"너무 만능이잖아……."

어느 사이에 두 사람이 된 엄마에게 어이없다는 듯한 표정을 짓는 류지.

"눈에 띄는 짓을 하지 마. 알았지?"

""네~!""

"그러니까 분신은 넣어둬! 사람들 많은 곳에서 이상한 짓 좀 하지 말라니까!"

사람이 많아서인지 다행이도 엄마가 분신 한 것을 알아챈 사람은 없었다.

그 뒤에도 엄마가 이것저것, 저거 하자! 이거 하자! 라며 어린아이처럼 칭얼댔기에, 좀처럼 모험가 길드를 찾기가 쉽지 않았다.

"정말! 엄마 너무 들떴어!"

"그치만~ 아들과 외출하는 게 너무 즐거운 걸~♡"

엄마는 속이 너무 편했다. 아무래도 잠깐 거리에 외출을 나온 기분인 모양이다.

하지만 류지는 진지했다. 도시로 일하러 찾아온 것이다.

"엄마한테 의지해서는 안 돼. 내가 찾아야지."

류지는 근처의 채소 가게에서 사과를 사고, 거기서 길드가 있는 장소를 물었다.

"모험가 길드라면, 중앙 광장 근처에 있는데."

"감사합니다!"

친절한 아줌마의 조언을 듣고, 류지는 도시의 중앙을 향해서 걸었다.

조금 시간이 지나, 광장에 도착.

분수가 중앙에 있는, 커다란 광장이었다.

"우와……!"

분수에서 물이 뿜어지는 모습을 보고, 기쁜 듯이 눈을 반짝이는 류지.

"저런 거 처음 봐!"

"엄마도 저거 할 수 있어요. 【천지 대폭포】라는 물 마법을 사용해서요."

참고로 천지 대폭포라는 것은 최상급 물 마법 중 하나다.

대량의 물을 하늘에서 떨어트려서, 도시 하나를 순간적으로 휩쓸리게 한다. 어마어마하게 강력한 마법이다.

"사용하지 않아도 되니까……. 아니, 어라?"

그때 류지는 기묘한 물건을 봤다.

광장이 있는 곳에, 뭔가 동상이 서 있었다.

"응? 으응?"

류지는 눈을 비볐다. 그 동상, 어디선가 본 듯한 모습을 하고 있었기 때문이다.

"왜 그래요?"

"아니…… 저 상, 엄마랑 쏙 빼닮지 않았어?"

가리킨 그 자리에는, 두 개의 동상이 있다.

하나는 검을 든 남자다. 받침대에는 【구국의 영웅·용사 유토】라고 적혀 있었다.

감시자 체키타에게 들은 적이 있다.

100년 이상 전, 세계에 혼란을 초래한 최저 최악의 마왕을 토벌한 용사님이다.

그리고 그런 용사의 옆에 선, 동상.

그것은…… 거대한 드래곤인데, 엄마가 드래곤으로 변한 모습과 쏙 닮아 있었다.

"그런가요? 엄마 쪽이 훨씬 날씬한데요."

카르마가 용의 동상을 올려보면서, 으으음 하고 신음했다. 아무래도 본인은 그다지 와닿지 않는 모양이다. 하지만 류지가 보기에 동상은 엄마와 쌍둥이 같았다.

올려봐야 하는 거구. 나이프처럼 날카로운 이와 비늘.

사룡의 모습을 한 엄마와 눈앞의 동상은 완전하게 일치했다.

"어째서 엄마의 동상이……?"

라고 생각해 받침대를 보자, 이렇게 적혀 있었다.

【구국의 영룡·카르마어비스】

"…………."

류지는 눈을 의심했다.

"구국의…… 영웅? 영룡?"

……그러고 보니 체키타에게 들은 적이 있다.

용사가 마왕을 타도했을 때, 세계를 멸망시키려고 한 마신이 출현했다.

그 녀석은 마왕을 낳은, 모든 악의 근원. 그 이름은 사신왕 베리얼이라고 했다.

베리얼은 마왕을 뛰어넘는 힘을 지니고 있었다. 마왕을 쓰러트린 용사조차도 사신왕한테는 맞서지 못했다고 들었다. 그 사신을 쓰러트린 것이…… 다름 아닌, 류지의 엄마.

즉 엄마는, 세계를 구원한 영웅이니까 '영룡'으로서 용사와 동격으로 취급되는 것이다.

"…………."

류지는 엄마를 바라보았다.

……이 엄마가, 구국의 영웅.

즉 나는, 영웅의…… 아들?

"……무리야."

엄마는 대단한 사람일지도 모르지만, 나는 평범한 일반인이다.

영웅의 아들이라고 신분을 밝히는 일은 절대 불가능했다.

류지는 엄마를 새삼 쳐다봤다. 지금, 엄마는 인간의 모습이다. 아름다운 인간의 여성이 된 지금이라면, 그녀를 영웅 카르마어비스라고 아무도 인식할 수 없을 것이다.

……엄마한테 이런 부탁을 하는 게, 미안하다고 생각하면서도, 그래도…….

"있잖아…… 엄마. 약속해줘."

"네네, 뭔가요?"

"도시에서 용의 모습으로, 절대 변신하지 말아줘."

나는 신분을 감추기로 했다.

영웅의 아들 따위, 지금의 미숙한 자신으로서는 도저히 밝힐 수가 없다.

"딱히 상관없지만, 어째서요?"

"그건……."

영웅의 아들로 자처할 수 없으니까, 라는 말을 삼키고,

"드래곤의 모습이 되면, 다들 무서워할 거야. 여기서 평

화롭게 사는 사람들의 생활을, 위협해서는 안 되니까."

라고 거짓말을 했다. 물론 주민에게 민폐를 끼치니까, 라는 생각은 했다. 사룡이 갑자기 출현하면 도시는 큰 혼란에 빠질 것이다. 그러니까 하지 말아줬으면 하는 마음에, 거짓은 없다. 그 점은 거짓말이 아니다. 하지만 진실이 아니다.

사실은 영웅의 아들이라고 자신이 당당히 말할 수 없기 때문이었다.

엄마가 영웅인 것은 자랑스럽다. 대단하다고 생각했다.

하지만 실력도 없는데, 영웅의 아들로서 세상에 나오는 것은 류지에게는 무리였다.

엄마의 이름에, 엄마의 명예에, 상처를 입히는 일은…… 하고 싶지 않았다.

"과연…… 딱히 엄마는 도시의 인간이 어떻게 되든 알 바 없지만요, 아들의 부탁을 들어주는 게, 엄마라는 것! 류 군의 부탁이라면, 엄마가 뭐든지 들어줄 테니까요♡"

꼬옥~ 하고 카르마가 류지를 껴안았다.

"엄마는 기뻐요! 류 군은 있잖아요, 은하에서 최고로 솔직하고 착한 아이니까, 절대 고집을 부리지 않았었잖아요? 그러니까 이렇게 부탁해주는 게, 엄마로서 무척 기뻐요!"

에헤헤~♡ 라고 카르마가 아기처럼 순수하고 무구하게

미소를 지었다.

진심으로 그렇게 생각하는 것이리라.

그런 엄마의 미소를 본 류지는 따끔, 하고 자신의 가슴이 아팠다.

류지는 공원 근처에 있는 모험가 길드로 발을 들이밀었다.

　건물은 앞쪽이 주점, 안에는 카운터로 되어 있었다.

　모험가들은 안쪽 카운터에서 의뢰를 받는 듯했다.

　류지는 접수처로 갔다.

　전철역의 차표 판매소처럼 접수창구가 여러 개 있었다.

　빈 창구에 있는 접수 아가씨한테 류지가 말을 걸었다.

　"우리 길드에 무슨 용건으로 왔니, 꼬마야?"

　접수처 아가씨가 밝게 말을 걸었다.

　"저기 그게…… 그, 모험가가 되고 싶어서! 그게…… 모험가 등록을 하고 싶습니다!"

　하고 싶은 말을 제대로 말하고, 류지는 안도하는 동시에 달성감을 느꼈다.

　"꺄아아악♡ 하고 싶은 말을 똑바로 잘 했네요! 훌륭해라――!"

　카르마가 날카로운 목소리로 외쳤다. 류지는 부끄러워

서 고개를 숙였다.

"과연 이 엄마의 아들! 뭐든지 할 수 있는 대단한 아이랍니다!"

"자, 잠깐 조용히 좀 해!"

류지는 허둥지둥 엄마를 막았다.

엄마를 동반해서 찾아오다니, 주위에 알려지면 큰일이다. 바보 취급당할 게 뻔했다.

"모험가 등록이구나. 그럼 이 서류에 필요항목을 기재해 줄래? 글자는 쓸 수 있니?"

"네, 괜찮아요."

이 세계는 문맹률이 높다.

성인이라도 글자를 쓰기는커녕, 글조차 읽지 못하는 인간이 잔뜩 있다.

그러나 류지는 체키타에게 일반교양을 배웠다.

펜으로 착실히 서류에 글자를 기재했다.

류지는 서류를 완성해서 접수 아가씨한테 제출했다.

"응, 좋아. 서류는 문제없네. 다음은 길드의 카드 발행인데……."

접수 아가씨가 옆에 있는 카르마를 봤다.

"거기 미인 씨는 어떻게 할래?"

"어떻게…… 라면?"

류지가 고개를 갸웃했다.

"그녀도 모험가로 등록하겠냐는 소리야. 둘은 남매잖아?"

아무래도 접수 아가씨는 류지와 카르마를 모자가 아니라 남매로 생각한 모양이다.

뭐 어쩔 수 없는 일이다. 인간 모습의 카르마는 젊다. 20세 정도의 외견이었다.

류지와 설마 모자 사이라고는 생각하지 않을 것이다. 착각해도 어쩔 수 없다.

어쩔 수 없…… 는데.

"남매…… 라고요……."

고오오오오……! 하고 카르마 쪽에서 압박감이 느껴졌다.

그렇다, 접수 아가씨는 무의식적으로 엄마의 지뢰를 밟은 것이다.

카르마가 비틀…… 하고 일어섰다.

"어, 엄마 진정해!"

"아니————————요! 류 군, 이것만은 수정하지 않을 수 없어요!"

카르마가 크게 소리를 질렀다.

뭔야뭐야…… 하고 주위 모험가들이 류지 일행을 주목했다.

위험해! 막으려고 하는 류지. 하지만 늦었다.

"저는 이 아이의 누나가 아니에요! 저는……! 저는…………!!!"

카르마가 큰 목소리로, 당당하게, 길드에 있는 모든 인간

이 들을 수 있는 음량으로,

"저는 이 아이의 엄마입니다!!!!"

······말했다. 말하고, 말았다.

아아······ 류지는 얼굴이 창백해졌다.

힐끗······ 하고 주위를 둘러보자,

"풋······."

"큭큭······."

류지를 멀리서 보던 모험가 남자들이,

""크하하하하하하하하하하!!!""

하고 큰 목소리로 웃음을 터트린 것이다.

"어이어이 들었냐고!"

"아아, 엄마래. 엄마와······ 푸흐흡······ 엄마와 같이 모험가를 하겠다는 거냐!"

킬킬 웃는 모험가들. 물론 전원이 다 그렇게 바보 취급할 리는 없다.

하지만 대부분은 류지와 카르마를 신기한 동물이라도 보는 눈으로 바라보았다.

류지는 부끄러웠지만, 뭐 이렇게 되는 게 당연하겠지, 라고 생각하는 마음도 있었다.

류지는 고개를 숙였다······ 그때였다.

"어이……."

고오오오오오……! 하고 다시 압도적인 분노의 아우라가 흘러넘치는 인간이 있었다.

다름 아닌…… 엄마 카르마다.

카르마는 아름다운 얼굴을 분노로 일그러트렸다. 슥……하고 그 긴 다리를 들어 올렸다.

"엄마? 무슨……?"

당황하는 류지를 아랑곳하지 않고, 카르마는 들어 올린 다리를 기세 좋게 내리 찍었다.

콰아아아아아아아아아앙!!!!

"우, 우와아아아아." "뭐야아아아?!"

류지를 바보 취급하던 모험가들이 그 자리에 엉덩방아를 찧고 전율했다.

카르마의 발밑의 바닥에 금이 갔다. 아니 정확하게는, 구멍이 뚫렸다.

"마, 말도 안 돼……? 석판 바닥을, 밟아서 뚫었다는 거야……?"

접수 아가씨도 놀랐다. 그것도 그렇다. 일반인, 그것도 (겉모습만은) 연약한 여성이, 석판을 발로 분쇄할 수 있을 리가 없다.

그러나 그게 가능했다. 이 엄마는, 인간이 아니니까.

자 그럼…….

"어이…… 누구냐……? 우리 아들을, 바보 취급한 빌어 먹을 자식이……?"

분노를 감추지 않고, 카르마가 주위를 둘러보았다.

그 눈빛은 날카롭고 붉게 빛나고 있으며, 시선만으로 사람을 죽일 수 있을 정도의 아우라를 뿜었다.

"어, 엄마 진정해! 사룡이, 사룡이 나오고 있다니까!"

지금의 엄마는, 사룡의 모습일 때와 같은 눈빛이었다.

류지는 허둥지둥 엄마의 폭주를 막으려고 했다.

"상관없어요…… 사랑하는 아들의 명예를 상처입힌 어리석은 자들을…… 숯덩이로…….'"

엄마는 지금이라도 당장 사룡으로 변할 것 같았다.

"엄마! 나와 한 약속을 잊었어?"

류지와의 약속. 도시에서는 사룡이 되지 않는다는 것.

"잊지 않았어요…… 하지만…… 하지만……!"

"엄마."

류지는 고개를 저었다.

엄마는 분한 듯이 이를 악문 뒤에,

"……알았어요. 류 군의 의사를 존중할게요."라며 분노의 칼끝을 거두었다.

안도하는 류지.

주위 인간들은 놀란 사슴처럼 사방으로 도망쳤다.

"우리 엄마가 민폐를 끼쳐서 죄송합니다."

류지가 꾸벅, 하고 접수 아가씨에게 머리를 숙였다.

"어째서 류 군이 사과하는 거에요? 류 군은 아무것도 잘못한 게 없는데."

그 옆에서 카르마가 불만스러운 표정을 지었다.

"그럼 엄마가 사과해 줄래?"

"설마요. 어째서 엄마가 사과해야 하는데요? 아무것도 잘못한 게 없는걸요. 괴롭힘당하는 아들을, 지키는 것도 엄마의 의무. 엄마는 훌륭하게 엄마의 역할을 다했다고 생각해요."

지극히 진지한 표정으로, 엄마가 말했다.

이 사람은 진심으로 자신의 행동이 올바르다고 생각하고 있을 테지.

"역시나……."

류지는 한숨을 쉬었다.

"안 돼요, 류 군. 한숨은 안 돼요. 행복이 도망가거든요. 자, 스마일~ 스마일♡ 엄마에게 류 군의 멋진 미소를 보여주세요♡"

싱긋 웃는 엄마.

이제 완전히 류지를 어린아이 취급이다. 이런 건 정말 그만했으면 좋겠는데…….

"그런데…… 꼬마와 어머님은 모험가로 등록하실 건가요?"

접수 아가씨는 카르마를 보고 질문했다.

"아들이 모험가가 되고 싶다는 것뿐이지, 저는 별로."

"그럼 등록은 꼬마뿐이네. 스테이터스를 확인할 테니까, 여기에 손을 올리렴."

접수 아가씨는 수정구를 하나 류지 앞에 두었다.

"이건 만진 인간의 강함을 측정하는 특별한 수정이야."

모험가의 강함에 따라, 랭크가 붙여진다고 한다.

가장 아래는 F. 강해지면 E, D…… 로 랭크가 올라가는 시스템인 듯하다.

등록 시에는, 다들 최저 랭크인 F부터 시작된다. 그러나 처음부터 강한 인간도 가끔 있다. 그 경우에는 F보다 위에 있는 랭크로 시작된다는 것 같다.

이 수정구는, 현 단계에서 어떤 랭크가 어울리는지 판별해준다고 한다.

류지는 수정구를 만지려고 했다.

"힘내라, 힘내라 류 군! 파이팅! 파이팅! FU~♪"

"고마워 엄마…… 잠깐만 조용히 해."

류지는 수정구를 만졌다.

그러자 수정구가 빛나고, 이윽고 하나의 카드를 허공에 출현시켰다.

"자, 됐어. 이게 길드 카드야. 여기에 너의 랭크도 적혀 있어."

아무래도 스테이터스 확인과 동시에 길드 카드 발행도 되는 듯하다.

류지는 접수 아가씨로부터 길드 카드를 받았다.

"자 그럼 우리 자랑스러운 아들은 어느 랭크이려나요? S…… 아니, SSS랭크겠지요!"

사사삭…… 하고 엄마가 다가와서 류지의 카드를 훔쳐봤다.

"어디어디~……. …………랭크, F?"

"최저 랭크…… 구나."

류지는 쓴웃음 지었다.

자신은 가냘프고, 완력도 없고, 날카로운 칼 솜씨도 없다.

F랭크라는 사실은 처음부터 알고 있었다.

"꼬마야, 낙심하지 마. 처음에는 다들 F부터 시작하니까."

접수 아가씨가 위로해주었다.

"감사합니다. 노력할게요!"

낙심 따위 하지 않았다.

오히려, 이것으로 모험가의 생활을 시작할 수 있다고, 고양감을 느꼈다.

그러나…… 납득하지 못한 사람이 아니, 드래곤이 약 한 마리.

"……엄마의 온리원이며 넘버원인 아들이…… 최저 랭크라고요!!!"

카르마가 충혈된 눈으로 접수 아가씨에게 달려들었다.

"이건 뭔가 실수예요! 재측정을 요구합니다!"

쾅! 하고 엄마가 접수 카운터를 주먹으로 쳤다.

어마어마한 괴력이라, 카운터가 와그자————악! 하고 산산조각이 났다.

"엄마! 됐으니까!"

"좋지 않아요! 아들이 F랭크라고요! 측정기가 망가진 거 아닌가요?!"

"망가지지 않았으니까! 오히려 망가뜨린 건 엄마 쪽이 잖아?!"

엄마가 카운터를 파괴할 때, 측정에 사용된 수정구도 산산조각이 났다.

이건 변상해야…… 라고 당황한 류지를 아랑곳도 하지 않고, 엄마의 폭주는 멈추지 않았다.

"엄마 정말! 됐다니까!"

"됐지 않아! 엄마의 류 군이 이렇게 랭크가 낮을 리가 없————어!!"

……결국, 엄마가 진정될 때까지, 1시간 이상이나 걸렸다.

그 뒤에 엄마가 스킬로 수정과 카운터를 고치게 하는 데 성공한 류지.

그렇게 해서 류지는 모험가로서 무사히 등록할 수 있었지만, 엄마 탓에 나쁜 의미로 눈에 띄고 말았던 것이다.

류지는 길드 등록을 끝낸 뒤, 재빨리 퀘스트를 출발하기로 했다.

그렇다고 해도, 길드에 막 가입한 초심자.

류지는 첫 퀘스트로, 약초 채집 퀘스트를 받게 되었다.

카미나에서 조금 떨어진 숲의, 중앙 근처까지 찾아왔다.

웅크리고 앉아 풀숲에 약초가 없는지 찾는다.

"휴……."

길드에서 벌어진 사건을 떠올리고, 깊은 한숨을 쉬는 류지.

"류 군 괜찮아요? 피곤한 건가요? 휴식 취할래요? 아니면 수분 보충?"

약초 채집을 하는 류지를 보며 카르마가 딱! 하고 손가락을 튕기자 호화로운 소파와 파라솔 그리고 트로피컬한 음료수가 출현했다.

엄마가 【만물창조】 스킬을 사용해 제로부터 순식간에 만들어낸 물건이다.

"괜찮아. 조금 더 노력하면, 필요 분량을 다 채취할 수 있으니까."

"아아 노동에 애쓰는 류 군, 멋져······. 고귀해······. 영상 기록으로 남겨야지!"

카르마는 스킬을 사용해서 【묘한 것】을 출현시켰다.

손바닥 사이즈의, 작은 장방형의 상자다. 렌즈로 보이는 게 정면에 달려 있었다.

엄마는 렌즈의 반대 면을 들여다보며 이쪽을 봤다.

"류 군 여기 봐봐~! 손 흔들어 봐~!"

"엄마, 뭐 하는 거야 그건?"

"아들의 성장 기록을 비디오카메라에 남기고 있어요~! 자 여기 봐요~!"

꺅~♡ 하고 엄마가 【비디오카메라】라는 것을 들여다보면서 외쳤다.

저게 뭘까? 류지는 본 적이 없는 것이었다.

뭐, 또 엄마가 류지가 모르는 초레어 아이템을, 스킬로 뿅 하고 꺼낸거겠지.

이 규격 외의 엄마에게 걸리면, 희소 아이템도 끝없이 만들 수 있는 것이다.

"···········휴. 너무 치사하잖아."

등 뒤에 있는 치트 스펙 엄마를 보면서, 류지는 혼잣말을 했다.

엄마였다면, 이 퀘스트 따위 낙승이었을 것이다.

그도 그럴 게 카르마는 온갖 물건을 만들어내는 스킬을 가지고 있다.

그러니까 카르마에게 약초를 만들어 달라고 부탁하면…… 도시를 나와 숲까지 올 필요는 없다.

이렇게 웅크리고 앉아 약초인지 아닌지 고민할 필요도 없다.

하지만 그래도…… 류지는 엄마에게 약초를 만들어 달라고 하지 않았다.

"……엄마를 의지할 수는 없어. 나는, 한 사람 몫을 하는 어엿한 남자가 될 거니까."

엄마에게 부탁하면 간단히 의뢰를 달성할 수 있다.

하지만 그렇게 하면 결국 동굴에서 지낼 때와 전혀 달라지는 것이 없다.

엄마가 모든 것을 다 해주며 살아가던, 그 무렵의 자신이 싫었기에 모험가가 된 것이다.

엄마를 의지하고 싶지 않았고, 앞으로도 자신의 힘만으로 노력하겠어……라고 결의를 굳힌 류지.

지금까지 길러준 엄마에게 혼자서 살아갈 수 있게 된 모습을…… 보여주고 싶은 것이다.

……그렇게 소년이 결의하는 곳 옆에서,

"꺅! 류 군! 약초를 채취하는 모습이 그럴듯해졌어요! 이쪽 보고 웃어요!"

······이렇게 엄마는 혼자 멋대로 들떠서, 아들의 모습을 기록했다.

왠지 이미······ 여러모로 엉망이 됐어, 라며 류지는 한숨을 쉬었다.

그렇게 해서, 약초 채집은 끝났다.

"이제 마을로 돌아가면 의뢰 달성이네요. 그럼 텔레포트로 돌아가요."

카르마가 스킬을 발동시키려던, 바로 그때였다.

"도와줘어————!"

······라고, 숲 안에서 비명이 들렸다.

"············. 자 그럼, 돌아갈까요.""아니아니아니아니!"

신경 쓰지 말고 돌아가려는 엄마의 옷을 류지가 잡아서 멈춰 세웠다.

"어째서 돌아가려고 하는데!"

"위험한 기척이 느껴지네요. 당신에게 무슨 일이 있으면 어떻게 해요? 돌아가요."

자 빨리, 라고 텔레포트하려고 하는 엄마에게 "안된다고!"라고 고함을 지르는 류지.

"사람 비명이었어! 분명히 뭔가가 있어! 도와줘야지!"

류지는 목소리가 들린 쪽으로 달려갔다.

그 손을 덥석, 하고 엄마가 잡았다.

"놔줘!"

"안 돼요. 돌아가요."

카르마의 손을 뿌리치려고 했다.

그러나 아무리 노력해도, 엄마의 손에서 벗어날 수가 없다.

당연하다. 상대는 가냘프게 보여도, 그 본질은 최강 사신의 힘을 흡수한 괴물이니까.

완력으로, 상대할 수 있을 리가 없었다.

"자, 류 군. 돌아가는 거예요."

"싫어!"

"류 군. 꼭 위험한 장소에 가야만 하겠어요?"

엄마는 야단치는 게 아니라 순수하게 질문을 했다.

"그렇지만 누군가 공격을 받고 있을지도 모르잖아?! 도와줘야지?! 알잖아?!"

이 소년은 위험에 처한 사람은 그냥 지나칠 수가 없는 것이다.

그러나 그 한편, 엄마는 고개를 저었다.

"모르겠어요. 엄마에게 류 군 이외에는 모두 아무래도 좋은 일인걸요."

류지는 눈을 크게 뜨고, 엄마의 얼굴을 봤다. 거기에는 감정이 없었다.

엄마는 진심으로 생각한 대로 말하고 있는 듯했다.

아들 이외의 인간에 대한 흥미가 전혀 없는 듯이, 류지는 생각되었다.

"……어째서 그렇게 심한 말을 하는 거야?"

"심한? 약자는 강자에게 도태된다. 이것은 우리에게 자연스러운 일이에요."

우리, 라고 엄마가 말했을 때 류지는 깨달았다.

우리란 즉 그녀들 마수에게는, 이라는 이야기다.

그렇다, 이 엄마가 아무리 아름다운 여성의 모습을 하고 있다고 해도, 사실은 드래곤이다.

그녀가 지닌 사고 회로의 기초는 몬스터들의 기본 원칙【약육강식】으로 성립되어 있다. 약자는 강자에게 먹힌다. 그것은, 자연계에서는 당연한 섭리인 것이다.

엄마에게 약자는 내버려야 하는 존재일지도 몰랐다. 하지만…….

"나는 도우러 갈 거야."

"아직도 그런 소리인가요! 안 된다고 했잖아요? 아무래도 좋다고 했잖아요?"

"좋지 않아. 나는…… 모험가라고. 곤란에 빠진 사람을 구해야지. 구하고 싶어!"

류지의 말을 들은 카르마는 한동안 침묵했다.

"류 군…… 멋있어~♡ 어느 사이에 이렇게 남자다워져

서♡ 멋져♡"

카르마는 뺨에 손을 대고, 몸을 마구 꼬았다.

"엄마! 장난치지 마!"

"어머나. 그럼 절충안으로서, 이런 건 어떨까요."

그러더니 카르마가 류지의 목덜미를 잡고 하늘을 향해 던졌다.

"웃차아아아아아아아!"

"우와아아아아아아아!"

갑자기 하늘로 던져져, 깜짝 놀란 류지. 그 사이에 엄마가 외쳤다.

"변신!"

그러자 엄마의 몸이 빛나고, 거기에 사룡 모습의 엄마가 출현.

엄마의 등에 폭 하고 류지가 안착했다.

【그럼 갈까요? 괜찮아요! 엄마가 있으면 어떤 적이든지 배제 가능하답니다!】

엄마는 엄청난 속도로 숲 상공을 날아갔다.

그렇게 해서, 목소리가 들린 것으로 생각되는 장소의 상공에 도착했다.

【아무래도 누군가가 고블린에게 습격을 받는 모양이네요】

류지도 엄마의 등 위에서 숲을 내려보았다.

몇 마리의 고블린이 누군가를 쫓고 있었다.

작은 인간…… 아마 어린아이일 것이다.

아이가 고블린들에게서 필사적으로 도망쳤다.

"엄마, 내려줘!"

【좋아요!】

카르마는 류지를 태운 상태로 빠르게 강하했다.

"잠깐, 엄마 너무 빠르다니까!"

총알 같은 속도로, 카르마는 고블린들 앞에 착지했다.

쿠와아아아아아아앙!!!!

격렬한 소리와, 그리고 충격이, 숲 안에 울려 퍼졌다.

"GI————————!!!!"

고블린들이, 착지의 충격으로 날려갔다.

"꺄아아아아아아아!!!"

그리고 도망치던 아이도, 같이 날려갔다.

이윽고 착지할 때의 흔들림과 폭풍이 가라앉았다.

【자! 류 군, 자자! 엄마한테 멋진 모습을 보여줘요! 위험해지면 엄마한테 금방 말하는 거예요! 단숨에 적을 숯덩이로 만들어 줄 테니까요!】

흥흥, 하고 엄마가 콧바람을 거칠게 불며 말했다.

"아니 이미, 끝나 버렸는데……."

엄마 덕분(?)에 이미 위기는 벗어났다.

류지는 여전히 규격 외의 엄마라고 생각했다.

"그래! 아까 그 아이!"

류지는 엄마의 등에서 뛰어 내렸다.

그리고 조금 전에 날려간 아이 쪽으로 달려갔다.

"어~이! 괜찮아?!"

어린아이는 나무 기둥에 기대서 기절해 있는 듯했다.

류지는 어린아이 곁으로 다가갔다. 자세히 보니 여자아이였다.

로브를 뒤집어쓰고, 가까이에는 긴 지팡이가 널브러져 있다. 아무래도 마법사 같다.

류지는 여자아이 옆에 앉았다.

새하얀 피부. 후드로 가려 있지만, 눈처럼 하얀 앞머리가 보였다.

"너, 괜찮아?!"

죽진 않았나 걱정하는 류지.

"으으…… 아응…… ."

여자가 신음했다. 목숨에 별 지장은 없는 모양이다.

"다행이야…… ."

안도의 한숨을 쉰 류지. 잠깐 살펴봤지만, 여자아이에게 외상은 보이지 않았다.

머리를 부딪쳐서 기절했을 뿐…… 이라고 판단했다.

"자 그럼, 류 군. 돌아갈까요."

카르마가 류지의 옆에 다가와서 말했다.

"그러네."

류지는 여자아이를 웃차 하고 안아 들었다. 가벼웠다.

그때, 스르륵…… 하고 후드가 벗겨졌다.

"어라, 이 아이…… 수인?"

후드가 벗겨지자, 여자의 숨겨진 머리가 보였다.

새하얀 머리카락의 옆부분에 귀여운 토끼 귀가 축 늘어져 있었다.

"[토끼 수인]^{워래빗}…… 이라는 녀석, 이던가."

이 세계에는 인간만이 아니라, 동물의 특징을 지닌 수인이라는 종족도 있다.

그녀는 토끼 수인이라는 이야기다.

"체키타 씨가 수인에 관해서 여러모로 말해줬었는데. 차별이 어쨌다던가……."

배운 게 한참 전이었던 터라, 류지는 순간 떠올릴 수가 없었다.

"……아무튼 데리고 돌아가자."

지금은 그럴 때가 아니었다.

류지는 여자아이를 공주님 안듯이 안아 들고, 일어섰다.

"어, 류 군, 그 아이를 데리고 돌아갈 건가요?"

"당연하잖아? 여자아이를 혼자, 이런 위험한 장소에 두고 갈 수 있을 리 없잖아."

"뭐, 류 군이 그러고 싶다면, 괜찮긴 한데요."

엄마가 텔레포트 스킬을 사용했다.

그 자리에 공간의 구멍이 만들어지고 엄마가 그곳으로 들어갔다. 그 구멍을 지나면 마을로 돌아갈 수 있는 것이다.

"으으……."

품속에서 토끼 여자아이가 신음했다.

뭔가 무서운 꿈이라도 꾸는 모양이다. 분명히, 조금 전에 고블린에게 습격받을 뻔했으니까, 꿈속에서 그 뒷이야기를 꾸고 있는 것일지도 몰랐다.

"안심해. 이제 괜찮으니까."

류지는 여자아이의 손을 꼭 잡았다.

그러자 새파랗던 여자아이의 안색이, 스르륵…… 편해졌다.

휴~ 하고 안도의 한숨을 쉬고, 류지는 소녀를 데리고 그 자리를 떠났다.

숲에서 수인인 여자아이를 (엄마가) 구출한 뒤. 류지 일행은 일단 도시로 돌아왔다.

그곳에서 숙소라도 잡으려고 생각했지만, 카르마가 마을 공터로 이동해서 【만물창조】 스킬을 사용해, 집을 한 채 만들어내고 말았다.

엄마가 만든 새로운 건물에 토끼 소녀를 데리고 들어갔다.

2층 건물. 안에는 이미 가구도 다 있었다.

류지는 2층 방에 있는 침대에, 소녀를 눕혀놓기로 했다.

조금 지나서, 침대 위에서 편안하게 자던 소녀가 눈을 떴다.

"으으…… 으으~응…… 헉, 여, 여여여기는?! 어어, 어디인가요?!"

류지는 당황해서 흠칫하고 손을 뗐다.

"고고고블린은?! 시라, 고블린에게 습격을 받아서! 햐으으윽!"

잠꼬대하는지, 토끼 소녀가 울먹이면서 두리번두리번 바쁘게 움직였다.

"괜찮아. 여기는 우리 집. 고블린은 그게, 쫓아냈어. 이제 괜찮아."

괜찮아, 라면서 유지가 안심시키려고 미소를 지었다.

류지의 미소를 보고, 토끼 소녀는 혼란이 풀렸는지, 휴~ 하고 안도의 한숨을 쉬었다.

"그래서, 그게 저기……안녕."

류지는 토끼 소녀를 보고, 우선 인사부터 했다.

"아, 네. 안녕~, 이예요!"

소녀는 또 꾸벅 머리를 숙였다.

축, 하고 늘어진 귀가 인사를 할 때 앞에서 흔들렸다.

"하읏! 어라? 로브가 없어요!"

토끼 소녀는 자신의 머리에 손을 대고, 당황해서 주변을 둘러보았다.

"그게 없으면, 시라……."

창백한 표정을 짓는 토끼 소녀. 【시라】…… 라는 게, 이 아이의 이름이려나?

"아, 괜찮아. 제대로 회수해뒀으니까. 지팡이도 있어, 봐 저기."

류지는 방구석을 가리켰다.

마술사의 로브와 지팡이가, 그곳에 놓여 있었다.

"다행이야……."

휴, 하고 소녀가 안도의 한숨을 쉬었다.

그 뒤로 소녀가 류지를 빤히 바라보았다.

"저기…… 당신은, 그게……. 시라를, 싫어하지 않나
요?"

"어, 무슨 소리야?"

류지가 깜짝 놀라서 눈을 동그랗게 떴다.

"그치만, 그치만 시라, 수인이니까……."

"응? 잘 모르겠는데…… 딱히 너를 싫어하지 않아."

싫다, 싫지 않다를 말하기 이전에 이제 처음 만났다. 딱
히 악감정을 품을 일은 없었다.

"……. 그런가요."

그 소녀는 희미하게 미소 지었다.

"저기, 그게……. 그…… 도움을 주셔서, 감사합니다~
입니다."

토끼 소녀가 또 꾸벅 머리를 숙였다.

축, 하고 토끼 귀가 늘어져서 그게 또 귀여웠다.

"아니. 신경 쓰지 마. 정확하게 말하면, 내가 도운 게 아
니니까."

"그런가요?"

"응. 우리 엄마가 도와줬어."

"엄마……?"

응~ 하고 토끼 소녀가 고개를 갸웃했다.

"그곳에 어머니가, 계셨나요?"

"아······. 뭐, 응. 뭐······."

앗차. 그 자리에는 드래곤과 자신밖에 없었다.

즉 드래곤 = 엄마라는 이야기가 된다.

"그런가. 강한 어머니시군요! 강하고 멋지고, 좋은 어머니시네요♡"

그러나 드래곤이 엄마라고 하는데, 이 소녀는 딱히 놀라지도 겁먹지도 않았다.

"으, 응. 너······ 그게······."

그때 류지는 자기소개를 아직 하지 않았다는 사실을 깨달았다.

"저, 저기 그게······ 시라, 그게, 시라 질레트입니다."

"나는 류지."

"류지 군······ 도와줘서 정말 고마워~예요!"

"아니아니. 시라 씨는······ 그게, 거기서 뭘 하고 있었어?"

류지는 시라의 옆에 놓여 있는 의자에 앉았다.

"약초를 캐고 있었어요. 그러다가 고블린한테 들켜서."

"헤에······. 혹시, 시라 씨는 모험가야?"

"네~ 예요. 그렇다고 해도, 오늘 막 시작한 신출내기인 겁니다."

"와! 우연이네, 나도 그래. 오늘 막 모험가가 되었어."

"와……! 똑같네요!"

시라가 확 밝아져서 미소를 지었다. 토끼 귀가 쫑긋쫑긋 움직여서 실로 귀여웠다.

"시라 씨는 마술사야? 후위 직업이구나."

모험가는, 역할에 따라 두 가지 타입으로 분류된다.

앞에 나서서 무기로 싸우는 전위. 마법과 회복술을 사용해 전위를 보조하는 게 후위.

후위 직업은 기본적으로 혼자서는 싸우지 못한다.

마술을 사용하는 데는 시간이 걸린다. 그러니까 전위를 맡을 사람과 팀을 짜서, 전투하는 게 일반적이었다.

"저기 그게. 시라, 오늘 시골에서 막 나와서, 지인이 없었던 터라……."

"그렇구나……그래서 혼자 나갔던 거구나."

류지는 생각에 잠겼다. 시라는 가냘팠다. 그리고 작다.

이런 연약한 소녀 혼자, 내버려 두다니 류지는 그럴 수 없었다.

류지는 시라를 봤다. 자신은 전위고, 그녀는 후위.

게다가 두 사람 모두, 오늘 막 모험가가 된 초심자. 보기로는 나이도 비슷해 보였다.

"저기…… 있잖아. 시라 씨."

류지는 결심하고 말했다.

"만약…… 만약 괜찮다면 말이지만. 나와……파티를."

맺지 않을래, 라고 말하려고 했던 그때였다.

"잠깐 기다려어어어어어어!!!"

콰앙! 하고 방문이 난폭하게 열렸다.

류지가 허둥지둥 그쪽을 봤다.

"어, 엄마……."

카르마가 그 자리에 떡하니 버티고 서 있었다. 쿵쿵쿵, 하고 이쪽으로 다가왔다.

"류 군. 당신 지금, 이 여자와 파티를 맺고 싶다고, 말하려고 했죠?"

"으, 응……. 아니 그보다 이 여자라니 뭐야. 그녀는 시라라고 해."

"셧업!"

찌릿! 하고 카르마가 시라를 날카로운 시선으로 내려보았다.

"히야웃……!"

시라가 눈물을 글썽이며 부들부들 떨었다.

"과연…… 내 아들과 파티를 맺고 싶나요?"

"……네, 네~, 예요."

흠, 하고 고개를 끄덕이고 말했다.

"알겠습니다…… 다만! 엄마와 면접을 하고 나서예요!"

　　　　☆　　☆　　☆

　1시간 뒤. 류지의 집 거실에서.

　류지는 엄마 카르마와 같이, 나란히 의자에 앉았다.

　"그럼 자 들어와 주세요."

　카르마가 문 뒤에 있는【그 아이】를 향해 말했다.

　"시, 실례합니다!"

　철컹, 하고 문을 열고 들어온 것은, 몸이 작은 수인 소녀 시라였다.

　새하얀 머리카락에, 같은 색의 토끼 귀.

　귀를 축 늘어트린 롭이어다.

　얼굴도 앳되고, 눈초리가 내려가 있어서, 왠지 모르게 믿음직스럽지 못한 인상을 줬다.

　시라는 방 안을 두리번하고 둘러보고는, 방 중앙에 있는 의자를 발견했다.

　뚜벅뚜벅 걸어서, 그 의자에 앉았다.

　"휴우우우우우……………………."

　하고 카르마가 크게 한숨을 쉬었다.

　그리고 손안의 용지에 "감점 5포인트"라고 말하면서 뭔가를 적어 넣었다.

　"저기저기, 시라 뭔가 감점될 만한 일, 해버린 건가요?"

　토끼 소녀가 카르마와 그리고 류지를 보고 말했다.

류지는 질문을 받아도 알 수 없었다.

감점될 만한 일을, 이 아이는 했던 걸까……?

카르마는 척! 하고 안경(스킬로 만들었다)을 고쳐 쓰더니,

"면접에서는 앉아도 된다는 말을 듣기 전엔, 의자에 앉지 않을 것. 이것은 사회인의 상식일 텐데, 모르는 것 같아서 감점하기로 했어요."

꾹, 하고 안경을 손가락으로 밀어 올리더니, 카르마가 담담하게 말했다.

자못 막 대학을 졸업한 사회초년생을 평가하는 면접관 같았다.

"죄, 죄송합니다~ 예요!"

시라는 일어나더니, 꾸벅하고 고개를 숙였다.

"사죄는 됐어요. 면접은 이미 시작된 겁니다. 자, 빨리 앉도록 하세요."

"네, 네에에……."

시라의 늘어진 롭이어가, 더욱 축 늘어졌다.

"엄마…… 그녀를 괴롭히지 마."

카르마의 옆에 앉은 류지가, 엄마한테 말했다.

"괴롭히는 거 아니에요."

날카로운 표정으로 카르마가 대답했다.

"이것은 그녀의 능력을 객관적으로 측정하고 있을 뿐이

랍니다."

"그래도 말투에 배려를 할 수는 있잖아⋯⋯."

"면접관의 임무는 상대를 똑바로 파악하는 것. 그것뿐이에요. 상대를 배려 따위 하지 않아요."

카르마는 시라에게 시선을 돌렸다.

"자⋯⋯ 그럼 면접을 시작하죠. 일단 이름을 말하세요."

의자에 앉은 카르마가 토끼 소녀에게 물었다.

"아, 네⋯⋯. 저기 그게, 시, 시라라고 해요, 입니다!"

"흠⋯⋯.【경어를 똑바로 사용하세요】마이너스 2포인트."

"하윽⋯⋯! 또 해버린 거예요~⋯⋯."

시라는 토끼 귀를 축 늘어트렸다.

보면서 미안해진 류지는 옆에 앉은 엄마의 옷을 당기고 말했다.

"엄마, 정말 그만해, 이런 거⋯⋯."

"아니요. 이 소녀는, 분수 넘게도 류 군과 파티를 짜고 싶다고 말했어요."

엄마가 시라를 힐끗 본 뒤, 류지에게 시선을 돌리고 계속 말했다.

"그녀가 아들에게 걸맞은 인물인지 어떤지, 파악할 의무가 엄마에게는 있는 거랍니다."

"⋯⋯동료 만들기 정도는, 자유롭게 해달라고."

지긋지긋해하는 류지의 말을 카르마는 무시했다.

"자 그럼 다음 질문으로 이행하죠."

카르마는 손에 든 용지로 시선을 떨어트리고,

"시라 질레트. 출신은 솔팁 숲. 나이는 15살. 직업은 마술사."

카르마가 보고 있는 것은 시라의 정보가 적인 이력서.

나이, 성별. 학력, 직업경력, 취미 기호 등등 상세 사항이 적혀 있다.

류지의 손에도 같은 것이 있었다. 이력서에는 좋아하는 음식, 싫어하는 음식. 어릴 때의 별명. 어릴 때부터 울보고 기가 약했다……등등.

"어째, 이상할 정도로 개인정보가 상세하게 실려 있는데……?"

"당연하죠. 아들과 오래 함께하게 될지도 모르는 상대니까요. 모두 다 조사해뒀어요."

"" "네엣?!" ""

아무렇지 않게 한 엄마의 말에 놀란 시라와 류지.

"다 조사했다니…… 어, 이 이력서, 시라 씨가 적은 게 아니었어?"

헉, 하고 류지가 시라를 봤다.

그녀는 "이, 이력서가 뭔가요……?"라며 불안해 보였다.

"엄마가 저 귀가 긴 여자를 철저하게 조사했답니다."

류지는 손에 든 이력서를 봤다. 표지에는, 확실하게 【조사서】라고 적혀 있었다.

"이건 이력서가 아니잖아! 조사서잖아!"

"뭐 그렇게도 말하지요."

딱히 미안한 표정도 짓지 않으며 엄마가 말했다.

류지는 엄마에게 이력서, 아니 조사서를 빼앗고 그 자리에서 갈기갈기 찢었다.

"정말! 어째서 그렇게 프라이버시를 무시하는 짓을 하는 거야!"

옆에 앉은 엄마에게, 류지는 분개했다.

그러나 엄마는 전혀 신경 쓰지 않는 모양.

"그건 필요한 일이기 때문이에요."

"필요 없어 그런 거! 정말!"

류지는 엄마에게서 시라로 시선을 돌렸다.

"미안, 시라 씨. 우리 엄…… 어머니가 지독한 짓을 해서."

류지의 말에 시라가 "아, 아니요!"라며 고개를 붕붕 저었다.

"시라는 신경 쓰지 않는 거예요. 엄마라면 아들에게 이상한 사람이 달라붙진 않을지 어떨지, 신경 쓰이는 것은 어쩔 수 없다고 생각해요."

라고 토끼 수인이 대답했다.

특이하게도, 엄마의 의견이 아무래도 옳았던 모양이다.

시라는 엄마에게 찬동했다. 이거라면 포인트를 마이너스 당할 일은 없겠지…….

"【아직도 일인칭으로 자신의 이름을 사용한다. 앳된 모습이 엿보인다.】마이너스 2포인트."

"하읙! 죄송합니다. 예요!"

머리를 꾸벅꾸벅 숙이는 시라.

"……과연.【금방 사과하며 머리를 숙인다. 자존심이 엿보이지 않는다.】마이너스 1포인트."

"하으으으으…………."

그 뒤로 시라의 동작이나 말에 일일이 포인트를 빼는 카르마.

"레벨이 9라고요? 그런 정도로 아들을 지킬 수 있나요? 마이너스 3포인트."

"사용할 수 있는 마법이 고작 두 개? 너무 적어요. 마이너스 5포인트."

"마법에 영창이 필요하다고요? 당신을 지키는 사이에, 아들이 몬스터한테 당한다면 어떻게 하려고요. 마이너스 10포인트!"

카르마가 점수를 계속 뺐다. 분명히 제대로 파악하고 있는 듯하지만, 도중부터는 "왼손잡이니까 마이너스 10!"이라는 둥 "어린 시절 밤에 혼자 화장실에 갈 수 없었으니까 마이너스 5!"라는 둥 트집을 잡으며 포인트를 뺐다.

그 모습을 보고…… 류지는 희미하게 깨달았다.

이 엄마…… 처음부터 시라를 합격시킬 마음이 전혀 없었어! 라고.

류지의 옆에서 카르마는 채점표에 마이너스 평가를 마구 집어넣었다.

시라는 포인트가 빠질 때마다 "하윽하윽……"하면서 눈물을 글썽였다.

그렇게, 대충 질문이 끝난 뒤,

"자 그러면 슬슬, 본론으로 들어가죠."

양손을 턱 밑에서 깍지를 끼더니, 테이블에 팔꿈치를 대고 카르마가 말했다.

"어째서 아들과 파티를 짜고 싶다고 생각한 건가요? 동기를 설명해주세요."

그거, 가장 처음에 물어보란 말이야! 라고 류지는 마음속에서 딴죽을 걸면서, 그러나 시라의 대답이 정말 신경 쓰였다.

이 토끼 소녀는 어째서 자신 같은 몸집도 작고, 도저히 강해 보이지 않는 남자와 파티를 짜고 싶다고 생각해 주는 걸까?

"그건…… 류지 군이 시라를…… 싫어하지 않았기 때문

이에요."

그 막연한 대답에, 엄마와 아들이 같이 고개를 갸웃했다.

"저기…… 그게……. 시라 같은 수인은, 꽤, 그게, 인간들에게 미움을 사고 있는 거예요."

시라가 설명하는 말에 의하면,

아무래도 수인은, 이 세계에서는 차별의 대상이 되어 있는 모양이다.

짐승의 피가 섞여 있는 더러운 존재라고, 깔보는 시선으로 보고 있다는 것.

"하지만…… 류지 군은 달랐어요. 시라를 봐도 지독한 짓을 하지 않았어요. 그뿐만이 아니라 몸을 걱정해줘서, 기뻤던 거예요."

그리고…… 라며 시라가 계속 말했다.

"류지 군이, 정신을 잃고, 신음하던 시라의 손을, 잡아주었던 거예요."

"어, 뭐? 아, 알고있었어?!"

네…… 라고 미소 짓는 시라를 보며 류지는 쑥스러운 듯이 머리를 긁적였다.

"미, 미안해, 시라 씨. 멋대로 손을 잡아서."

"아니요. 신경 쓰지 않는 거예요. ……무척, 무척, 기뻤던 거예요."

진심으로 그렇게 생각하는지, 시라는 눈을 가늘게 뜨며

자신의 가슴에 손을 댔다.

너무 쑥스러워서 류지는 그 자리에서 도망치고 싶어졌다.

"그러니까 시라, 생각한 거예요. 이 상냥한 사람과 같이 있고 싶다고……."

시라는 눈을 크게 뜨고 류지를, 그리고 면접관인 카르마를 보고 확실하게 말했다.

그 눈은 전혀 흔들리지 않았고, 진지하며 올곧게 류지와 엄마를 봤다.

"저, 저기 그게, 같이 있고 싶다는 건, 사귄다는 의미가 아니라! 저기 그게요……."

허둥지둥 당황하는 시라가…… 귀여웠다.

시라의 동기를 다 듣고, 류지는 기쁨을 느꼈다.

가족(엄마와 감시자) 이외의 누군가에게 인격을 칭찬받은 일이…… 없었다.

동 세대의 아이에게 이렇게 직설적으로 칭찬받은 일이 없었으니까.

류지는 기뻤다.

그러니까…… 류지는 채점표를 지닌 엄마에게 확실히 【자신의 의사】를 전달했다.

"엄마 나…… 역시 이 아이와 같이 파티를 짜고 싶어. 아니, 짤 거야."

시라의 동기를 듣고 그녀와 동료가 되고 싶은 기분이 강해진 것이다.

"엄마가 안 된다고 해도, 상관 없으니까! 나, 시라 씨와 팀을 짤 거야!"

"그, 그치만."

더욱 막으려고 드는 엄마에게 류지는 전가의 보도를 사용했다.

나쁘다고 생각하면서도, 그래도 자신은 그녀와 모험을 하고 싶으니까.

"방해한다면, 엄마가, 싫어질 거야……!"

……그 뒤의 일은 말할 것도 없다.

아들에게 미움받고 싶지 않은 카르마는 엄청나게 싫은 듯한 표정을 지은 뒤,

"……류 군의 판단에 맡길게요."라고 대답했다.

류지는 낙심한 엄마에게 마음속에서 미안하다고 사과한 뒤,

"시라 씨, 앞으로 잘 부탁해."

라고 동료가 될 소녀에게 악수를 청했다.

"잘 부탁해, 입니다…… 류지 군!"

그렇게 해서 류지는, 첫 동료와 그리고 친구가 생긴 것이다.

면접이 끝난, 그날 밤.

카르마가 스킬로 만든 집의 거실에서.

"오늘은 상경 기념 축하연이에요!"

테이블 위에는 음식이 잔뜩 놓여 있었다.

"와! 대단해! 손가락을 딱 튕긴 것만으로 요리가 잔뜩 만들어지는 거예요!"

토끼 소녀 시라가 반짝반짝 빛나는 눈을 카르마에게 보냈다.

류지는 그 옆에서 고개를 갸웃했다.

이 소녀, 왠지 묘하게 적응력이 좋았다.

엄마가 드래곤이라는 사실도, 그리고 이【만물창조】스킬을 봐도, 시라는 놀라기는 해도 기이한 눈으로 보지 않았다. 보통, 이렇게 기묘한 일이 연속으로 일어나면, 겁을 집어먹거나 무서워하면서 도망칠 텐데…….

"흐응, 뭐 대단한 일은 아니에요. 에잇! 에잇!"

"와! 커다란 고기! 닭이 통째로! 대단해~!"

"호잇호잇!"

"와~!"

엄마는 아무래도 득의양양한 모양인지, 손가락을 튕기면서 요리를 마구 만들었다. 그때마다 시라가 대단하단 말을 연발하며 칭찬하기에, 카르마는 더 많은 요리를 만들었다.

"류지 군 좋겠다~. 이렇게 멋지고 대단한 엄마가 있어서요."

시라가 눈을 빛내면서 류지를 바라보았다.

"그, 그런가……?"

"멋지고 대단한 엄마라니! 시라, 당신 꽤 괜찮은 면이 있네요."

에헷♡ 하고 카르마가 미소를 지으며 시라를 봤다.

시라 역시도 카르마를 올려보고 에헷♡하고 웃었다.

아무래도 이 엄마, 시라가 마음에 든 모양이다.

"…………."

시라가 엄마를 칭찬하고 있는 그 한쪽에서, 류지는 부끄러움을 느꼈다.

뭘까? 하고 류지는 고개를 갸웃했다.

가슴에 응어리진 기분을 말로 나타내지 못하고 떨떠름했다.

확실한 것은 시라가 있는 이 자리에 엄마가 있다는 것뿐이고, 어마어마한 수치심을 느낀다는 것이다.

"자자! 모처럼의 요리가 식어버리잖아요. 먹어요!"

시라도 저녁 식사를 같이 하게 되었다.

류지가 제안한 것이다. 분명 엄마가 거절할거라 생각했
는데, 의외로 간단히 허락해줬다. 아무래도 실은, 시라를
마음에 들어 하고 있는 듯했다.

"잘 먹겠습니다.""잘 먹겠습니다, 예요!"

"네 많~이 먹어요~♡"

카르마는 기분이 좋았다. 그러고 보니 저녁은 항상 엄마
와 둘만이었다. 오늘 처음으로 새로운 사람이 식탁에 들
어왔다. 엄마는 그게 기쁜 것일지도 모른다.

그렇게 준비된 저녁을 먹으면서, 문득 카르마가 물었다.

"그러고 보니 시라. 당신은 내가 용이라는 사실에 그다
지 놀라지 않네요?"

"후에? 하응혜흐하?"

하고 웅얼거리는 목소리로 시라가 대답했다.

토끼 소녀의 뺨이 빵빵하게 부풀어 있는 게 아닌가?

"입이 지저분해졌어요."

카르마가 손수건을 만들어 시라의 입을 닦았다.

류지는 깜짝 놀랐다. 다른 사람에게 그다지 관심을 두지
않는 엄마가 시라를 상냥하게 대했기 때문이다.

시라는 우물우물 꿀꺽, 하고 요리를 삼킨 뒤, 얼굴을 붉

혔다.

"죄, 죄송해요, 너무나도 맛있어서……."

그녀의 눈앞에 있는 접시는 이미 꽤 비어 있었다.

"그렇게 잔뜩 있었는데, 벌써 절반 정도 사라졌네."

"의외로 먹보였네요."

"하윽…… 그치만, 그치만, 너무 맛있어서……."

휴, 하고 카르마는 한숨을 쉬고 딱! 하고 손가락을 튕겼
다.

그러자 다시 요리가 땅! 하고 잔뜩 나왔다.

"우와 대단해! 류지 군 어머니, 정말 대단한 거예요! 요
리를 만들 수 있고, 그 요리도 무척 맛있어요!"

"흐흥. 기분이 나쁘진 않네요. 팍팍 드세요."

"네~!"

우걱우걱우걱우걱! 하고 어마어마한 속도로 시라가 밥
을 먹었다.

특히 시라는 고기를 좋아하는 듯했다. 고기 요리가 몇
초반에 텅 비었다.

그렇게 해서, 식후.

"그럼 조금 전의 이야기를 계속하겠는데요…… 시라.
어째서 저를 보고 놀라지 않은 거죠?"

테이블을 끼고 반대쪽에 있는 시라에게 카르마가 질문
했다.

"저기…… 실은, 시라의 할머니 친구 중에 드래곤이 있는 거예요."

"와! 대단한 할머니네."

"네! 무척 멋진 할머니에요. 정말 좋아하는 분이에요!"

시라가 흥분한 듯이 말했다.

"그 드래곤 씨가 어릴 적부터 놀아줬어요."

"흠, 그러니까 사룡인 나를 보고도 놀라지 않은 거네요."

"네! 그리고 할머님은 대현자라고 해서, 대단한 사람이에요! 예를 들면……."

그 뒤로도 시라의 이야기를 듣고, 류지에 관한 잡담을 하면서, 밤은 깊어져 갔다.

☆　☆　☆

다음날도 이른 시간에 나가야 해서 그만 자기로 했다.

"시라, 당신은 2층의 방을 사용하세요."

카르마가 파자마와 칫솔 등등, 숙박 용품을 퐁퐁! 하고 만들어줬다.

그것도, 시라도 이 집에서 살게 되었기 때문이다.

그녀는 막 상경해서 돈이 없는 모양이었다.

그 말을 들은 카르마가, 여기 살라고 말해준 것이다. 아무래도 엄마는 이 시라라는 소녀를 정말 마음에 든 모양이었다.

"카르마 씨…… 이렇게까지 해주시다니. 시라, 너무 기쁜 거예요! 류지 군은 정말 부러워요. 이렇게 상냥한 엄마가 있다니."

"정말♡ 당신이란 사람은! 기쁜 말을 해주잖아요!"

엄마는 기분 좋게 쓱쓱 시라의 머리를 쓰다듬었다.

한편 류지는, 역시 쑥스러웠다.

"있잖아, 있잖아~ 류 군! 엄마, 상냥한 엄마래요!"

"으, 응. 알았으니까, 조금 더 얌전히 있어."

엄마가 시라와 사이좋게 지내는 것은 기쁘다.

엄마는 지인은커녕 친구도 거의 없었으니까.

하지만 자신이, 엄마와 같이 사는 것은 역시 쑥스러웠다.

동 세대의 시라가, 부모 곁을 떠나서 독립하려는 것과 비교하면 역시.

"나도…… 정신 똑바로 차려야지."

그 뒤로, 토끼 소녀는 카르마에게 크게 감사하고 2층의 계단으로 올라갔다.

이젠 류지와 그리고 카르마가 남았다.

"자 그럼 류 군! 우리도 잘까요!"

카르마는 빛나는 미소를 띠고, 폴짝! 하고 류지한테 달려들려고 했다.

그러나 류지는 그것을…… 휙 하고 피했다.

"류 군? 왜 그래요?"

병아리처럼 고개를 갸웃하는 카르마.

류지는 눈을 내리깔고, 고민했다.

아까 전에 느꼈던 부끄러움의 정체. 그것은 시라라는 여자아이가 있기 때문이었다.

부모 품을 벗어나 혼자 노력하는 시라. 그에 비해서, 언제까지고 엄마의 보호 아래에 있는 자신이, 무척 연약한 존재로 생각되었다.

"나도……2층에서 잘래. 잘 자."

류지는 시라의 뒤를 따라, 2층 계단으로 올라가려고 했다.

"기, 기다리세요! 엄마와 평소처럼 같이 자요!"

"……됐어. 혼자 위에서 잘래."

"기다려요! 가지 말아요!"

카르마가 창백한 얼굴로 류지의 팔을 잡았다.

"류 군 왜 그러는 거예요? 지금까지 계속 같이 잤잖아요?"

갑자기 류지가 차가운 태도를 보이자, 엄마는 깜짝 놀란 듯 보였다.

"알았어요. 그럼 침대는 따로 할 테니까. 같은 방에서 자요? 괜찮죠?"

"……미안. 싫, 어."

류지는 엄마의 손을 뿌리쳤다.

"모, 몸 상태라도 안 좋은 거예요?!"

"아니야. 그게 아니야. 그게…… 싫은 거야. 엄마와 같은 방에서 자는 게, 무척."

……예전이라면 주위에 보는 눈이 없었다.

그러나 지금은 시라라는 동 세대의, 그것도 이성이 가까이 있다.

그러니…… 류지는 이제 예전처럼 엄마하고 끈적끈적하게 붙어있고 싶지 않았다.

그 모습을…… 그 아이에게 보여주고 싶지 않은 것이다.

"…………."

"미안. 잘자."

류지는 몸을 돌렸다.

엄마가 석상처럼, 굳어 있었다.

……충격, 이겠지.

그렇게 가슴이 아픈 걸 느꼈다. 엄마는 내가 매정하게 대할 때 가장 큰 상처를 입는다.

그래도…… 유지는, 싫었다.

같은 세대의 여자아이 앞에서, 엄마가 뭔가를 해주는 것도.

엄마와 같이 있는 것도.

전보다 훨씬 훨씬, 부끄럽게, 느껴지게 된 것이다.

그리고 다음 날 아침. 류지가 신축 건물(무허가)의 2층에서 내려오자 엄마가 같은 장소에 있었다.

"엄마……."

1층의 거실 공간에 석상으로 변한 엄마가 있었다.

경직된 상태로, 눈 한번 깜빡이지 않고, 어제의 모습 그대로였다.

그 뒤로 몇 시간은 지났는데, 계속 이 자리에 서 있었던 모양이다.

"엄마……. 그게……."

류지가 주위를 둘러보았다. 시라가 없는 것을 확인하고, 작은 목소리로 속삭였다.

"……미안해."

그러자 엄마는 "부화아아아알!!" 폴짝! 하고 높이 점프했다.

"아니아니, 류 군이 신경 쓸 필요 없어요! 어제는 그거잖아요? 조금! 일시적으로! 엄마와 같이 있고 싶지 않은 기분이라든지 그런 종류의 그거였지요? 일시적으로!"

일시적은 아니었지만, 이라고 말하려다가 그만뒀다.

또 석화되면 미안하니까.

휴, 하고 한숨을 쉬는 류지. 자립의 길은 멀고 험한 듯했다.

카미나 시에 온지 둘째 날 아침.

거실에서 아침을 먹은 뒤, 류지 일행은 오늘 활동 내용에 관해서 대화를 나누었다.

"류 군, 이대로 온종일 엄마와 이 방에서 지낸다는 것은 어떨까요?"

"……자 그럼, 저기, 시라 씨. 오늘은 어떻게 할까?"

엄마를 무시하는 류지.

"모처럼 파티를 맺었으니, 가능하면 몬스터와 싸우고 싶은 거예요."

분명히, 어제와 달리 오늘은 둘이다. 동료가 있으면 몬스터와도 싸울 수 있다.

"좋네, 그렇게 하자!"

류지의 기분이 고양되었다.

모험가라고 하면 몬스터와의 싸움. 동료들과 고난을 같이한 끝에 몬스터를 쓰러트리고 승리를 축하한다. 이것이 야말로 모험가. 류지가 동경하는 모습이다.

"류 군이 싸우지 않아도, 엄마가 있으면 몬스터 따위 누워서 떡 먹기인데요."

저요~ 저, 라면서 카르마가 손을 들어 주장했다.

류지는 휴우, 하고 한숨을 쉬고 말했다.

"엄마…… 혹시, 우리를 따라오려고?"

"? 무슨 이상한 소리를 하는 거예요? 류 군."

……오히려 엄마가 고개를 갸웃했다.

엄마가 모험에 따라오는 것은 확정 사항인 듯했다.

"엄마…… 따라오지 않아도 되니까. 엄마는 여기서 우리가 돌아오는 걸 기다려줘."

힐끗, 류지는 시라를 봤다.

그녀는 고개를 갸웃한 뒤에, 활짝 미소를 지었다.

……귀여워, 라고 생각한 뒤에 시선을 돌렸다.

그렇다, 어제와는 달리 동 세대의 이성이 곁에 있는 것이다.

엄마는…… 절대 따라오지 않았으면 했다.

하지만 그래도, 엄마는 따라올 마음으로 가득해 보였다.

"아들에게 떨어져서 이곳에서 집을 지키고 있다니 무리에요. 납득할 수 없네요."

"어째서?!"

"그도 그럴 게 위험하잖아요. 엄마의 소중한 아들이 상처를 입으면 큰일이에요."

"정말! 따라오지 말라니까!"

류지는 열심히 엄마를 설득했다.

"오면 안 돼!"

"싫어요."

"안된다니까! 어째서 이해해주지 않는 거야!"

"류 군이야말로 어째서 이해해주지 않는 건가요? 바깥은 위험으로 가득해요. 엄마가 있으면 안심하고 모험을 할 수 있잖아요?"

"그러니까~……."

엄마는 정말, 아들이 하고 싶은 말을 전혀 이해하지 못하는 모양이었다.

그래도 몇 번이고 몇 번이고 따라오지 말라고 읍소한 결과,

"……어쩔 수 없네요."

휴, 하고 카르마는 한숨을 쉬더니, 굽혀줬다.

"그럼 대신이라고 말하면 좀 그렇지만, 이 장비를 하고 가세요."

딱! 하고 카르마가 손가락을 튕겼다.

그러자 류지와 시라 앞에 와르르! 하고 도구의 산더미가 나타났다.

겉으로 봐도 강해 보이는 무기, 단단해 보이는 방어구, 신비성을 숨기고 있을 듯한 수정이 박힌 지팡이.

초보인 류지가 봐도 알 수 있는, 확연한 초레어 아이템이 산적해 있었다.

"하와왓! 이, 이거…… 어, 엄청난 마법 아이템이……."

시라가 수정이 박힌 지팡이를 들어 올리고 전율했다.

"평범한 지팡이에요. 평범한."

……그러나 이 울트라 과보호하는 엄마가 평범한 아이템 따위 줄 리가 없다.

분명히 자신들의 분수에 어울리지 않는, 무지막지하게 엄청난 도구를 꺼낸 게 분명했다.

엄마가 따라가지 않는 것이다.

상처 입지 않도록, 분명히 대단한 물건들을 내놓은 거겠지.

"제대로 장비해 주세요. 싫으면 엄마가 따라갈 거랍니다?"

결국, 류지는 엄마가 꺼내 준 초급 아이템(추정)을 장착했다.

모험의 준비는 다 되었다. 엄마는, 이번에는 따라오지 않는다.

겨우 평범한, 모험가 생활이 시작되는 것이었다!

☆   ☆   ☆

아들이 모험에 출발한 직후.

카르마의 스킬 【최상급 전이】하이퍼 텔레포테이션을 사용해서, 자택에서 던전까지 고작 1초 만에 도착했다.

"자 그럼 도착했네요, 목적지인 던전에."

카르마는 던전의 입구를 올려보며 말했다.

던전. 지하 미궁이라고도 했다.

이 세계에 던전은 여러개 존재한다. 규모도 난이도도 각자 달랐다.

여기 비교적 초심자가 가기 쉬운, 난도가 낮은 던전이다.

그렇다고는 해도 지하 미궁. 몬스터가 바깥보다 몇 배는 있고, 위험한 장소.

그런 위험한 장소에, 이 과보호 드래곤이 순순히, 아들을 보내줬을까?

대답은 아니다.

"류 군도 정말, 텔레포트로 보내준다고 말했는데, 듣지 않으니까 말이에요. 이동 중에 무슨 일이 있으면, 어쩔 작정인지 모르겠어요. 정말이지 참."

류지는 카미나 시에서 여기까지 걸어서 올 생각이었다.

여기까지 2시간 정도 걸린다. 류지가 집에서 출발한 뒤에 카르마는 텔레포트를 사용해 단숨에 날아온 것이다.

하지만 어째서 카르마가 앞서서 여기 왔냐고 하면…….

"아들이 상처 입지 않고, 무사히 돌아갈 수 있도록……

던전 안을 청소하지 않을 순 없겠죠!"

……여기서는 평범하게 【무사히 돌아오도록 기원】을 해야 했던 게 아닐까?

그러나 카르마에게 기도 따위 아무런 의미가 없다.

아들의 안전을 지키는 것은 신도 부처도 아니다. 엄마, 단 하나다.

"좋아요, 그럼 일단 【쓸데없는 것】을 던전에서 치워볼까요."

카르마는 짝! 하고 두 손을 가슴 앞에 마주하며 소리를 냈다.

스킬 【강제 전이(최상급)】다.

이것은 일정 범위에 있는 모든 것을 강제적으로 다른 장소로 전이하는 스킬이었다.

영지 안의 모든 것을 자기 생각대로, 위치를 움직일 수 있는 것이다.

"자 그럼 일단…… 위험 분자의 배제네요."

카르마는 영역 안, 즉 던전 안에 있는 몬스터를, 모두 던전 바깥으로 강제 전이시켰다.

"분명히 스몰뱃이, 이번 토벌 대상이었어요. 그러니까 전이의 대상에서 빼고."

이미 류지 일행이 길드에서 어떤 퀘스트를 받는지 다 조사해 뒀다.

그 쓸모없는 살덩이 엘프에게 첩보 활동을 부탁했다.

스몰뱃 이외의 몬스터 모두를 카르마는 아득한 상공으로 보냈다.

그렇다고 해도, 하늘로 몬스터를 보낸 것이 아니다.

더 높다. 하늘을 뛰어넘은 장소에 있는, 더 높은 곳.

우주 공간에 몬스터들을 강제 전이한 것이다.

몬스터는 이형의 것이라고 해도 같은 생물이다. 호흡하며 산다.

그렇기에 무산소의 우주 공간으로 던져진 몬스터들은, 전부 빠짐없이 사망했다.

"이걸로 던전 안은 텅 비었네요. 휴, 이제 류 군이 몬스터에게 습격을 받을 위험성은 없어졌어요. 다음으로 넘어가야겠네요."

뒤이어서, 다른 것은 던전 바깥으로 강제 전이했다.

던전 안의 마물은 토벌 대상 이외에는 없을 터.

그렇다면 카르마는, 대체 무엇을 전이시킨 걸까……?

"우옷!"

"뭐야?!"

라며, 던전 주위, 이곳저곳에서 인간들의 목소리가 들렸다.

"어째서 우리가 던전 바깥에 있는 거야?!"

"몰라?! 갑자기 눈앞의 풍경이 바뀌었다고!"

몬스터가 없는 던전에 있는 것은 다른 모험가들이다.

해가 없는 인간일지도 모르지만, 모험가를 노리고 나쁜 짓을 저지르는 자도 있을지 모른다.

카르마는 인간의 선악을 잴 수 없다.

그렇다기보다, 애초에 류지 이외의 인간에게 흥미가 없어서, 차이를 모르는 것이다.

그렇기에, 카르마는 던전 안에 있던 인간을 모두 바깥으로 전이시켰다.

······그렇게 말해도, 몬스터 때처럼 우주 공간으로 던져 버리는 짓은 하지 않았다.

애초에 딱히 카르마가 자비심을 가지고 있는 것은 아니다.

"류 군 이외의 인간 따위, 아무래도 좋아요."

아무래도 좋으니까, 죽이지 않아도 된다. 아니 정확하게는,

"인간을 죽이면 류 군이 슬퍼하게 되니까요."

카르마는 강력한 힘을 지니고 있지만, 그것을 사용해서 쓸데없이 인간을 습격하는 일은 절대 하지 않았다.

하지만 그것은 자비심을 가지고 있기 때문이라는 이유가 아니다.

사람을 죽이면 류지가 마음 아파할 것 같으니까, 죽이지 않는다.

그 정도의 이유였다.

"자 그럼 이걸로, 던전에 쓸데없는 것들이 다 사라졌네요."

카르마가 뭔가를 이룬 장인의 표정으로 이마의 땀을 닦았다.

"다음은 류 군이 던전에 와서, 목표로 삼은 몬스터를 토벌하면, 엄마 퀘스트 완료네요."

엄마 퀘스트라는 게 뭔데? 류지가 거기 있었다면 딴죽을 걸었을 것이다.

"큭……! 류 군이 곁에 없으니까, 딴죽을 걸어줄 사람이, 없는 거예요! ……쓸쓸해요."

침울한지 카르마가 그 자리에 웅크리더니 무릎을 안고 앉았다.

금방 부활했다.

"류 군이 오기 전까지…… 아직 시간이 있어요!"

찰싹! 하고 카르마는 자신의 뺨을 손으로 때리더니 말했다.

"아직…… 해야 할 일이, 있다구요!"

달리 있을까?

적이 되는 몬스터는 전부 배제하고, 위험분자인 다른 모험가들도 던전 바깥으로 쫓아냈다.

하지만 카르마는 그것도 부족하다고 생각했다.

"아직 이예요…… 아직, 류 군의 몸에 위험을 끼칠 것은, 잔뜩 있어요! 그것을 모두 배제해야, 완벽한 임무 수행이라고 말할 수 있는 거라고요!"

카르마는 역설하더니, 던전 안으로 발을 들이밀었다.

"지금 갑니다! 지하 미궁에! 마이 러블리~, 류 군의 안전한 모험을 위해!"

☆　☆　☆

류지는 파티 멤버인 시라와 같이 모험을 떠났다.

목표한 곳은 카미나에서 조금 떨어진 곳에 있는 【초급·중급자용 던전】.

이곳은 신출내기 모험가가 자주 이용하는 던전이다.

나오는 적의 난이도가 그리 대단하지 않은 것, 그런 것치고 경험치가 짭짤하다는 것 때문에 초심자들은 다들 이곳을 이용한다.

류지와 시라가 카미나를 출발하고 2시간 뒤.

던전에 도착했다.

"드디어 몬스터 토벌인 거예요!"

"응, 힘내자!"

던전 입구에서 기합은 충분한 젊은이들.

오늘의 의뢰는 1층에 출현하는 【스몰뱃】이라는 박쥐 마수의 토벌이다.

적은 그렇게 강하지 않지만, 무지막지하게 움직임이 빠른 듯하다.

"후에엥! 시라가, 이길 수 있을까."

토끼 귀가 축, 하고 늘어졌다.

"괜찮아, 내가 있으니까."

라며 류지는 조금 폼을 잡아 보았다. 그런 나이인 것이다.

"와! 류지 군 멋있어요!"

짝짝, 하고 다른 뜻 없이 비꼬지도 않고, 손뼉을 치는 시라.

굉장히 신선하다.

엄마에게 칭찬받을 때와는 달리, 순수하게 기뻤다. 류지는 쑥스러워한 뒤에 출발했다.

던전으로 들어가는 둘.

전방에 펼쳐지는 암흑.

어디서 몬스터가 출현할지, 알 수 없다.

그게…… 즐겁다.

"두근두근해욧."

"그치!"

둘은 목표로 하는 몬스터가 나올 때까지 안으로 깊이 들어갔다.

전진.

전진.

전진하다…… ""어라?""

문득, 둘 다 멈춰서서 고개를 갸웃했다.

이 던전의 1층, 그 가장 깊은 방이다.

"있잖아, 시라 씨. 박쥐…… 발견했어?"

류지의 질문에 시라가 고개를 가로저었다.

"그렇지…….."

"저기…… 류지 군. 이상한 점이 있는데요."

"응…… 나도 희미하게 눈치채고 있었어."

류지는 여기까지 피해가 전혀 없이 왔다.

옷도, 피부도, 무기조차도…… 상처하나 나지 않았다.

그것도 당연하다.

"어째서…… 몬스터가 없지?"

여기에 오기까지, 류지 일행은 한 번도 몬스터를 만나지 않은 것이다.

"무슨 일이 있었던 걸까요?"

"…………있었겠지."

그때 류지의 뇌리에 엄마의 얼굴이 떠올랐다.

설마…… 하고 생각하면서도, 품은 의혹을 떨쳐낼 수가 없다.

"어떻게 하죠. 몬스터가 없다면, 퀘스트를 달성할 수 없는 거예요!"

"………….."

바로 그때였다.

류지는 기묘한 것을 시야 한쪽으로 포착했다.

검은 것이, 구석에 산더미처럼 쌓여 있었다.

"뭐, 뭘까요……?"

"……가보자."

안 좋은 예감. 그리고 뇌리에, 미소 짓는 엄마(조금 득의양양. 칭찬해줬으면 싶은 듯하다).

도착. 검은 산이라고 생각한 그것은…….

"히익……! 바, 박쥐예요!"

거기 있던 것은 스몰뱃.

그것도 대량이다. 게다가 날지 않았다.

……한 곳에, 모여 있었다.

"…………."

살아 있는 스몰뱃이 집합해서, 산을 이루고 있었다.

그것에 다가가서 자세히 보니 조금이지만 전기를 띠고 있는 듯했다.

……류지는 박쥐를 만져봤다.

조금 찌릿한 것뿐이고 아프지 않다. 정전기에 닿은 듯한 느낌이었다.

"이것은…… 자력 마법인 거예요!"

그 현상을 해명한 것은 시라였다.

그녀의 직업은 마술사(마법사라고도 한다).

마법의 지식은 뛰어나다.

"자력 마법……?"

"네, 예요. 상대를 자석으로 만들어 붙여 버리는 마법인 거예요."

과연 몸이 자석이 되어 있으니, 박쥐들은 붙은 건가?

"하지만 이상하네요……. 【물체 자석화】^{마그네틱 포스}는 최상급의 번개 마법……. 이런 초심자용의 던전에 오는 사람이, 쓸 수 없는 마법일텐데……."

그 말을 듣고 류지의 뇌리에 엄마가 폴짝폴짝 춤을 추기 시작했다.

"엄마……."

그 사람이다. 그게 뻔했다.

최상급의 번개 마법을 사용할 수 있고, 류지 일행의 토벌 대상을 알고 있는 것은, 그 치트 스펙의 엄마밖에 없었다.

즉, 엄마가 한 짓이다.

류지 파티가 퀘스트를 달성할 수 있도록 몬스터들의 움직임을 자석화로 막은 것이다.

……이게 뭐야. 난이도, 너무 낮잖아…….

스몰뱃은 빠르기만 한 적이다.

그게 움직이지 못하게 된 것이다. 이미, 너무나도 간단하잖아?

"휴……."

무거운 한숨을 쉬는 류지.

"왜 그러세요?"

"아니…… 아무것도 아니야. 해치울까."

그렇게 말해도, 이 몬스터의 산.

말도 안 되는 숫자의 박쥐가 집합체로 만들어져 있다.

"한 마리씩 쓰러트리면 시간이 너무 걸릴 것 같아."

"그러면 마법으로 범위 공격을 할까요?"

"응, 좋네. 그렇게 할까."

류지가 경계, 시라가 공격, 이라고 역할을 분담하기로 했다.

시라는 지팡이를 꺼냈다.

그것은 모험에 출발하기 전, 엄마 카르마에게 건네받은 아이템 중의 하나였다.

울퉁불퉁한 나뭇가지 앞에 일곱 색으로 빛나는 수정이 달려 있었다.

마술사가 지팡이를 겨누고, 주문을 읊으려고 한…… 그 때였다.

"어, 말도 안 돼?!"

시라가 허둥지둥 외쳤다.

"엎드려!"

류지는 시키는 대로 엎드렸다.

대체 뭐가…… 라고 생각한, 그때였다.

파지지지지지지직!!!!!

하고 수많은 번개가, 동굴 안을 휘저었다.

이것에는 류지도 깜짝 놀라서, 그 자리에 주저앉고 말았다.

미친 듯이 날뛰는 번개가, 박쥐의 산을 단숨에 잿더미로 만들었다.

번개는 갑자기 사라졌다.

그 뒤로는 몬스터를 쓰러트리고 손에 넣는 [마력 결정]^{드롭 아이템}만이 남아 있다.

"시, 시라 씨…… 조금, 너무 지나친 거 아닐까……?"

"아, 아니에요. 시라는 평범한 초급 번개 마법을 사용하려고 한 거예요. 그랬더니…… 주문을 읊기 전에, 최상급 번개【신벌 천뢰초】^{저지먼트 라이트닝}가 발동된 거예요!"

주문 생략. 그리고 평소라면 사용할 수 없는 최상급 마법이 사용 가능…….

……노골적으로.

이, 시라가 지닌 지팡이의 효과로 보였다. 엄마한테 받은, 이 지팡이의.

"엄마……."

이렇게 류지 일행은 고생도 하지 않고, 첫 퀘스트를 대성공으로 마무리 지은 것이었다.

던전에서 너무 쉬운 퀘스트를 끝낸 뒤.

2시간에 걸쳐 둘은 카미나 시로 귀환.

류지 일행은 카미나 모험가 길드를 목표로 걷고 있었다.

"시라 씨, 그게, 미안해⋯⋯."

옆에 걷고 있는 시라에게, 류지가 머리를 숙였다.

"왜 그러세요, 갑자기 사과라니?"

"조금 전에 있었던 일. 그거, 우리 엄마의 소행이니까, 분명⋯⋯."

확증은 없지만, 저런 규격 외의 짓을 저지르는 것은 카르마 이외에는 없었다.

류지는 엄마가 민폐를 끼친 것을 엄마를 대신해서 시라에게 사과한 것이다.

"정말 미안해. ⋯⋯싫어졌어? 나와, 같이 있는 거."

류지는 낙심해서 어깨를 축 늘어뜨렸다.

모처럼 친한 친구가 막 생겼는데⋯⋯.

"싫어지지 않았어요. 신경 쓰지 않아도 되는 일이에요."

그러자 시라는 예상과 달리 웃으면서 고개를 저었다.

"카르마 씨는 대단해요! 자력 마법 사용할 수 있고, 던전 안의 몬스터를 전부 없앤다니 어떻게 했는지 알 수 없는 거예요! 대단하구나~."

시라는 아무래도, 카르마의 소행에 대해서 딱히 나쁜 감정을 품고 있지 않은 모양이었다.

"정말 신경 안 써?"

"네~ 예요. 류지 군은 신경을 너무 많이 쓰는 거예요."

싱글벙글 웃는 시라는 분명히 거짓말을 하는 듯이 보이지 않았다.

"다행이야……."

하여간 시라한테 미움받지 않아서, 진심으로 안도하는 류지.

모처럼 생긴 파트너가 없어진다고 생각하면 어찌해야 할지 알 수 없었다.

"앞으로도 분명히, 엄마가 관련되어서 민폐를 끼칠거라 생각되니까, 먼저 사과해둘게. 미안."

"아니요, 신경 쓰지 말아요. 정말 민폐가 아니니까, 안심해줬으면 하는 거예요!"

그런 식으로 대화를 하면서 둘은 모험가 길드로 돌아왔다.

과정은 어쨌든 결과는 길드에 보고해야만 하기 때문이

었다.

길드에서 의뢰를 받고 성공 보수를 받는다.

그게 모험가의 기본 시스템이다.

류지는 시라와 함께, 길드의 접수처로 갔다.

"어서 와 꼬마. 어땠어?"

접수 아가씨가, 류지 일행을 맞이해 주었다.

그녀는 이전에 길드 카드를 만들어줬을 때, 신세를 졌던 사람이었다.

"저기…… 그게……."

어떻게 대답해야 할지 고민하는 류지.

바보처럼 정직하게 500마리 쓰러트렸다, 라고 보고는 할 수 없다.

자신의 수완이 아니라는 것도 그렇고, 무엇보다 500마리를 어떻게 쓰러트렸는지 방법을 의심할 것이다. 그렇게 되었을 때 대답하기가 곤란하다.

엄마가 해치웠습니다, 라고 솔직하게 대답한다고 대체 누가 믿는다는 거냐.

"류, 류지 군……."

시라가 류지와 마찬가지로 곤란한 표정을 지었다.

그것을 본 접수 아가씨가 하앙~ 하고 뭔가 눈치챈 표정을 지었다.

"어머나~ 잘 안 된 거네?"

네?! 라며 놀라는 류지와 시라.

그런 두 사람은 아랑곳하지 않고, 접수 아가씨가 계속 말했다.

"하지만 낙심하면 안 돼. 신출내기 모험가 따위, 처음에는 그런 거고 말이지."

접수 아가씨는, 류지 일행이 퀘스트에 실패했다고 생각한 모양이다.

어떻게 설명해야 할지 곤란해하던 그때였다.

"류 군! 퀘스트 달성 축하해애애애애애애!!!!"

쾅! 하고 문이 기세 좋게 열렸다.

안에 들어온 것은…… 엄마, 카르마였다.

이럴 때……?! 라고 류지는 경악.

카르마는 엄청난 미소로 날 듯이 류지에게 다가왔다.

중간에 "우리 아들이 멋지게 퀘스트를 달성했습니다!""우리 아이는 천재예요!""우리 아이는 정말 대단하다니까요!"

라고 큰 목소리로 선전하는 카르마.

"하지 마아아아!!!"

정말, 그만뒀으면 해. 엄마의 자식 자랑은 사춘기 남자에게는 힘들다.

카르마가 이쪽으로 왔다.

엄마의 말을 듣고 접수 아가씨는 고개를 갸웃했다.

그것도 당연했다. 접수 아가씨는 류지가 퀘스트에 실패했다고 생각하고 있다.

그런데, 그 엄마가 퀘스트 달성 축하해!

라며 최고의 미소를 지으며, 큰 목소리로 떠들고 있는 게 아닌가?

이윽고 엄마가 류지의 바로 곁까지 왔다.

"류 군…… 흑…… 대단해요…… 훌륭히 임무를, 완수하다니……."

카르마는 손수건을 꺼내 자신의 눈가를 닦았다.

"퀘스트 달성 축하해. 엄마, 당신을 이렇게 키울 수 있어서 다행이에요. 정말 훌륭해졌네요, 류 군……."

"……엄마."

아니, 거의 당신의 공적입니다만…….

류지는 아무것도 하지 않았다. 엄마가 대단했을 뿐이다.

"저기, 이 꼬마의 어머니시죠?"

접수 아가씨가, 카르마에게 그렇게 물었다.

"예, 그렇답니다. 지금 막, 초고난이도의 퀘스트를 달성하고 멋지게 돌아온 영웅 류 군의 엄마. 그게 저입니다."

흐응! 하고 엄청난 미소를 지으며 카르마가 자랑스럽게

가슴을 폈다.

"퀘스트, 달성……?"

접수 아가씨가 고개를 갸웃했다.

카르마가 아들 자랑을 계속했다.

"류 군의 활약에 스몰뱃 500마리가 토벌되었습니다. 500마리라니까요? 이건 누구나 할 수 있는 일이 아니지 않겠어요?"

그 말을 듣고 접수 아가씨가 떡~ 하고 입을 벌렸다.

"저기…… 농담…… 인 거죠?"

접수 아가씨가 의혹의 눈빛을 류지와, 그리고 엄마에게 보냈다.

"하……! 류 군이 신과 같은 위업을 이루었다고 하는데, 그것을 믿지 못하다니. 거참, 정말 발칙한 사람이네요."

"정말! 그만해, 엄마!"

이제 그 이상의 자식 자랑을 아들 앞에서 하지 않아 줬으면 좋겠어.

부끄러워서 참을 수가 없어, 이 자리에서 사라지고 싶어졌다.

"자 류 군. 증거를 보여주세요. 드롭 아이템과 그리고 길드 카드를 제출하는 거예요."

길드는 퀘스트 달성을 2종류의 방법으로 확인한다.

토벌 퀘스트라면 쓰러트린 몬스터의 일부분(드롭 아이

템이라도 가능).

그리고 길드 카드. 카드에는 그 사람이 쓰러트린 몬스터의 숫자가 마법에 의해 자동으로 표기되는 것이다.

"으으…….."

싫어. 제출하고 싶지 않아. 그도 그럴 것이…… 미안하잖아.

힐끗, 하고 류지는 접수 아가씨를 봤다.

조금 전에 그녀는 류지 일행을 위로해줬다.

……그런데, 거기서 실은 아무렇지도 않게 달성할 수 있었다고는 말할 수 없다.

"아아 정말! 류 군이 보여주지 않는다면, 엄마가 사람들에게 자랑해버릴 거예요!"

엄마는 싱글벙글 웃으면서 류지에게서 길드 카드를 빼앗았다.

"앗! 그만둬!!"

"안 그만둬요! 아들의 대단한 모습, 사람들이 알아줬으면 좋겠으니까!"

카르마에게 악의는 없다. 그것은 류지도 알고 있다.

다만 분위기를, 파악해 줘……! 라고 외치고 싶어졌다.

카르마는 아들에게서 길드 카드를 빼앗더니, 접수 아가씨에게 그것을 건넸다.

"어……?"

접수 아가씨는 카드를 받아 들고…… 입을 크게 벌렸다.

엄마의 코가 쭉쭉! 높아진…… 것처럼 보였다.

"……대단하네, 이 아이!"

접수 아가씨가 반짝반짝 빛나는 눈으로 류지를 봤다.

"이 아이의 카드에…… 스몰뱃의 토벌 숫자가, 500마리 래!!"

드디어…… 들키고 말았다.

거짓말한 거야! 라고 야단맞겠어…… 류지는 고개를 움츠렸다. 하지만,

"천재잖아!"

예상과 달리, 접수 아가씨는 류지를 절찬했다.

"대단해! 처음인데 500마리 토벌이라니! 말도 안 되는 루키가 들어왔어!"

그녀가 반짝반짝 빛나는 눈으로 류지와 옆에서 움츠러 들어 있던 시라를 봤다.

아무래도 시라는 낯을 가리는 모양이다.

류지의 뒤에 숨어서, 옷을 꼭 잡고 있었다.

접수 아가씨의 대사를 들은 모험가들이, 류지 일행에게 다가왔다.

"대단하다! 넌 천재야!"

"진짜네! 100년에…… 아니! 200년에 한 명 나올까 말까 한 천재일지도 몰라!"

모험가들이 류지를 절찬했다.

류지는 당혹스러웠고, 반론하고 싶었다. 엄마의 대단한 도구와 사전 준비로 이뤄진 일이다. 그리고 애초에 쓰러트린 것은 시라의 마법이라고.

"아, 아니에요……. 이건……."

힐끗, 하고 엄마를 봤다.

엄마는 폭포처럼 눈물을 흘리면서, 비디오카메라로 류지의 모습을 찍고 있었다.

시라는 겁먹은 상태에서 회복되지 않았다.

"류 군 최고예요! 빛나고 있어…… 지금 당신은 최고로 빛나고 있어요!"

카르마는 흐느껴 울면서 말했다.

"아들이 기대의 루키라니! 아앗! 엄마 기뻐서 실신할 것 같아요……!"

"엄마 설명을 해줘! 내 공이 아니라고!"

그러나 카르마는 류지의 공이라고 마구 자랑했다.

근처에 있던 사람들이 류지에게 "대단해!" "천재야!" "용자 유토의 재림이야!"라고 앞다투어 칭찬해주었다.

"어째서…… 이런 일이……."

사람들의 찬사를 그 몸에 받으면서, 류지는 깊은 한숨을 쉬었다.

길드에서 주위 사람들이 마구 오해한, 그날 밤.

카르마가 만든 집의 2층, 류지는 자기 방에서 책상 앞에 앉아 생각에 잠겼다.

"휴우……."

책상 위에는, 오늘 퀘스트로 손에 넣은 보수가 놓여 있었다.

가죽 주머니에 가득 담긴 금화와 은화. 계산하면, 이것만으로 한 재산이 될 거다.

"전혀, 기쁘지 않아……."

상당한 돈을 벌었는데도 류지의 기분은 개운치 않았다.

"휴……. 정말, 시간이 얼마 없는데……. 이 돈, 사용할 수 없고…… 어떻게 하지……."

바로 그때였다.

"누구게♡"

뒤에서 갑자기 누군가가 꼭 껴안았다.

물컹♡ 하고 어마어마하게 부드러운 물체가 목덜미 근

처에 닿았다.

"하이~, 류. 좋은 밤."

"체, 체키타 씨…… 깜짝 놀랐어요."

거기에 있던 것은 감시자 엘프, 체키타다.

그녀는 특수한 기술을 지니고 있으며, 안개처럼 사라지거나 나타날 수 있는 것이다.

"조금 전에 봤어. 너도 참 고생이 많네~."

체키타가 류지의 머리 위에 가슴을 올렸다.

따뜻한 가슴의 감촉이, 두피를 통해 전해져 와서, 몸이 뜨거워졌다.

"저기…… 체키타 씨…… 그게…… 내려 줘요……."

"응~? 뭘~?"

체키타는 즐거운 듯이 일부러 가슴을 머리 위에서 부비부비 움직였다.

"류는 얼굴 빨갛네? 왜 그래?"

"아니 저기…… 그만해 주세요."

그러자 체키타는 잠깐 생각에 잠긴 뒤에,

"왜 그래 류. 뭔가 고민이라도 있어?"

라며 류지의 흉중을 꿰뚫어 본 듯이 말했다.

"……어떻게 고민 있다는 걸 아세요?"

"그야 알지~. 류의 얼굴을 보면 단방에 말이야."

체키타는 류지와 알고 지낸 지 오래되었다.

그도 그럴 게 자신이 태어나기 전부터 체키타 씨는 카르마 씨의 감시자였다.

"카르마하고 상담하기 좀 그렇다는 거지? 이 누님한테 말해보렴."

체키타는 류지가 누구에 관해서 고민하는지 알고 있는 듯했다.

"…………네."

류지는 고민을 감시자 엘프에게 털어놓기로 했다.

이 사람은 타인이 아니라, 예전부터 함께하던 가족 같은 사람이니까.

"자, 이쪽으로 오렴."

등 뒤를 돌아보았다.

정신을 차리고 보니 체키타는 침대 위에 앉아 있었다. 옆을 팡팡, 하고 치고 있다.

류지는 일어서서 체키타의 옆에 앉았다.

그녀는 상냥하게 류지의 머리에 손을 대더니, 그대로 자신의 가슴으로 휙 당겼다.

물풍선보다도 더 부드러운 감촉이 류지의 뺨에 닿았다.

그대로 체키타가 상냥하게 류지의 머리를 쓰다듬어 주었다.

그녀는 아무런 말도 하지 않았다. 류지의 말을 가만히 기다렸다.

조금 지나, 류지는 자신이 먼저 입을 열었다.

"오늘 일, 말인데요."

즉 엄마의 서포트로 무척 편하게 클리어한 모험에 관해서다.

"아아. 그건 좀 너무 과하긴 했어."

체키타는 감시자.

국왕이 사룡 카르마의 행동을 관찰하기 위해서 파견한 여성.

평소 체키타는 모습을 감추고 엄마의 동향을 감시하고 있다.

그러니까 오늘 퀘스트 때의 일도 확실히 보고 있었을 것이다.

"네……. 설마 그렇게까지 할 줄은 생각도 못 해서……."

"그러게, 깜짝 놀랐지. 하지만 류. 착각하지 말아줘."

체키타가 상냥한 음성으로 계속 말했다.

"카르마의 그건 말이지, 류를 위한다고 생각하고 한 일이야."

체키타는 류지를 안은 채로 머리 위에서 부드러운 음성으로 말했다.

……카르마의 언동이 류지를 위한다고 생각해서 한 일이라고?

그런 거…….

"네 물론. 알고 있어요."

그렇다, 알고 있는 일이다.

그 엄마의 행동은 모두 아들을 생각해서 하는 행동이라는 것.

그런 것은 충분히 잘 알고 있다.

대체 몇 년을, 과보호하는 최강 사룡의 아들로 살아왔다고 생각하는 거야.

엄마가 어떤 사람인지 따위, 잘 안다.

서툴고, 조금 어린 아이 같지만…… 류지의 일을 항상 생각해 주는, 상냥한 사람이라는 사실을 류지는 잘 알고 있었다.

체키타는 류지를 껴안던 힘을 조금 풀었다. 싱긋 밝게 미소를 띠었다.

"그래, 그러면 다행이야."

체키타가 안심한 듯이 류지는 생각되었다.

"그 아이는 그게, 조금 서툰 면이 있잖아? 적당히, 라는 말을 모르는 거야. 그러니까 지나친 행동을 해버리는 거겠지."

"그러네요. 뭐…… 그래도 익숙해요."

"우리 카르마가 민폐를 끼쳐서 미안해. 하지만 용서해 줬으면 해."

쓱쓱, 하고 체키타는 류지의 머리를 쓸었다.

그것은 마치 딸의 실패를 사과하는 엄마 같았다.

체키타는 카르마와 알고 지낸 지 오래되었다고 한다. 그도 그럴 게 카르마가 사룡이 된 100년 전부터, 체키타는 계속 엄마의 감시역을 맡은 듯하니까.

카르마에 대한 정도 깊을 것이다.

"응? 그렇게 되면 류의 고민은 또 다른 데 있는 걸까?"

"아, 그런 거죠. 실은……."

류지는 시선이 허공을 맴돌았다. 체키타는 카르마의 감시자. 그녀에게서 엄마에게 이야기가 전해질지도 모른다고 생각하면, 말문이 막혔다.

그러자 그런 류지의 내심을, 꿰뚫어 본 듯이 체키타는 미소 지었다.

"괜찮아, 카르마한테는 비밀로 해둘게."

얼굴 앞에 손가락을 세우고, 윙크했다.

이 엘프 누님은 뭐든지 다 꿰뚫어 보는 것이리라.

류지는 생각하던 것을 말로 뱉었다.

"……엄마한테, 생일 선물, 사주고 싶어서요."

체키타가 "아아, 역시 그런 거네."라며 고개를 끄덕였다.

"류의 생일 때의 그건, 그런 기획이 있었기 때문이었구나."

얼마 전에 체키타가 왔을 때, 엄마의 생일이 가깝다는 사실을 말할 뻔했다.

그렇게 되면 류지의 계획이 들켜버린다고 생각해 초조했다.

"그러고 보니 너희, 생일이 가까웠지."

"네. 그러니까 엄마 선물을 사려고 생각해서, 어떻게 해야 할지 고민했는데."

체키타는 힐끗 책상 위의 보수가 담긴 가죽 주머니를 봤다.

"고민이고 뭐고 사면 되잖아? 지금 꽤 돈을 벌었…… 아아, 그런 거구나."

거기서 체키타가 겨우 앞뒤가 맞춰졌다는 듯이 고개를 끄덕였다.

"너, 모험가로서 직접 번 돈으로 카르마에게 선물을 사주고 싶은 거구나."

훌륭히 그의 고민을 단방에 맞춘 체키타에게 류지는 놀랄 수밖에 없었다.

정말 이 사람은 뭐든지 다 꿰뚫어 보는구나 싶다.

"그래. 저 돈은, 류가 벌었다고 말하기 어려운 거네."

그 퀘스트는 결국 자신은 아무것도 하지 않았다.

엄마가 퀘스트를 달성한 것과 다름없었다. 이것은, 자신의 보수가 아니다.

"결국, 나는 엄마의 힘이 아니면, 퀘스트 하나 제대로 완수할 수 없구나 싶어서……."

"그런가. 그래서 낙심하고 있었던 거구나."

카르마의 과보호가 싫증 났던 게 아니다.

카르마가 없으면 아무것도 못 하는 자신에게 싫증이 났던 것이다.

"그렇지 않아, 류. 너라면 자신의 힘으로 퀘스트를 달성할 수 있어."

체키타가 위로해 준 것은 기쁘다, 하지만…….

"무리예요."

"어머나, 어째서?"

"그도 그럴 게…… 분명 엄마가, 모험에 따라올 테니까……."

그 초과보호 드래곤 엄마다.

류지가 어떤 장소로 간다고 해도 따라오겠지.

그러면 엄마가 그 치트 파워를 발휘해버린다.

아무리 시간이 지나도, 자신의 힘으로는 돈을 벌 수 없다. 선물을 살 수 없다.

"그러네…… 그러면 이렇게 하는 건 어떨까?"

류지는 체키타에게 어떤 아이디어를 받았다.

"과연! 그거라면 잘 될 거 같아요!"

류지는 튕기듯이 말했다. 광명이 내린 것 같은 기분이었다.

"문제가 해결되어서 다행이야~."

킥킥, 하고 체키타는 웃더니 일어섰다.

"그럼, 밤도 늦었으니 누님은 이만 실례할게."

"네! 감사합니다!"

체키타는 미소 짓더니, 허리를 굽혔다.

쪽……♡

"으응? 무무무, 무슨 짓을?!"

체키타가 류지의 이마에 키스한 것이다.

신선한 감촉이 류지의 이마를 간질였다. 자신이 키스를 받았다고 자각하고 더욱 몸이 뜨거워졌다.

동요하는 류지를 신경 쓰지 않고, 체키타는 어른스럽게 미소 짓더니,

"류가 노력할 수 있는, 주술이란다. 그럼 이만♡"

스르륵…… 하고 연기처럼 사라져버렸다.

체키타는 은밀 활동을 할 수 있는 기술을 지니고 있기에, 모습을 감출 수 있는 것이다.

"……후우, 깜짝이야."

두근거리는 가슴을 억누르며 류지는 한숨을 쉬었다.

"하여간…… 체키타 씨에게 받은 아이디어를, 내일 실행하자."

응! 하고 류지는 결연하게 고개를 끄덕였다.

"열심히 돈을 벌어서, 엄마에게 선물을 사드리는 거야!"

체키타가 조언해준 다음 날.

류지는 시라, 그리고 엄마를 데리고 도시 바깥으로 나갔다.

"아들과 피크닉! 아아! 즐거워~!"

엄마가 기분 좋게 콧노래를 불렀다.

그 앞을 류지와 그리고 시라가 걸었다.

"설마 류 군이 먼저 엄마한테 따라오라고 말할 줄이야! 후후훗! 엄마는 너무 의욕이 나서 큰일이랍니다!"

엄마가, 어마어마하게 커다란 등 가방을 짊어지고 있었다.

"도시락을 잔뜩 만들었어요! 나중에 먹어요!"

······이미 완전히 피크닉 기분이다.

그도 그럴 법하다. 최강 사룡에게 몬스터 퇴치 따위, 그냥 피크닉이다.

그녀와 맞설 수 있는 존재는 누구 하나 없으니까.

"그리고 엄마가 있으면 류 군은 안전하게 모험을 할 수 있어요. 온갖 적을 엄마가 파괴해 드릴게요!"

엄마는 오른손에 파괴의 번개를 출현시키고, 슉슉 하고 섀도복싱을 했다.

"……엄마."

멈칫, 하고 류지가 멈춰섰다.

"네네~ 뭔가요?"

"……오늘은 뒤에서, 그냥 지켜봐 줘."

"뒤에서 보는 것뿐…… 이라면?"

"말 그대로야. 우리가 퀘스트를 완수하는 모습을 뒤에서 봐줬으면 해."

류지는 엄마의 얼굴을 올곧게 보면서 말했다.

아들의 말을 듣고, 쏴아악…… 하고 엄마의 얼굴이 창백해졌다.

"아, 안 돼요, 안된다고요!!"

"괜찮아, 엄마. 오늘은 슬라임 토벌. 우리만으로 충분하니까."

이 필드에 나타나는 가장 약한 몬스터가 슬라임이다.

잘만하면 어린아이라도 쓰러트릴 정도의 송사리 몬스터다.

신출내기 류지 일행이라고 해도, 충분히 쓰러트릴 수 있는 존재다.

그러나 엄마는 그렇게 생각하지 않는 모양.

카르마는 몸을 떨면서 말했다.

"그렇다고 해도, 위험하다고요! 상대는 약해도 몬스터 잖아요?!"

훅, 훅, 하고 카르마가 거칠게 호흡을 했다.

엄마는 진심으로 걱정했다.

그녀는 항상 그렇다. 류지의 몸을 항상 걱정해주고 있다.

던전에 앞질러 가서 청소했던 것도 아들이 상처를 입지 않도록, 아들의 안전을 생각한 행동이다.

류지는 알고 있다. 엄마의 아들에 대한 마음은, 제대로 전달되었다.

엄마의 행동을 지긋지긋해할 때는 있어도, 그릇되었다고 생각한 적은 한 번도 없었다.

다만…… 지금은.

"엄마, 있잖아……."

류지는, 체키타의 조언을 따라 카르마에게 전했다.

"지켜봐 줬으면, 좋겠어."

"지켜…… 본다?"

카르마가 고개를 갸웃했다.

류지는 고개를 끄덕이고 계속 설명했다.

"내가 동료와 모험을 하는 모습을. 성장하는 모습을, 지켜봐 줬으면 해."

흥분한 듯이 콧바람을 거칠게 불던 엄마가 딱 하고 멈췄다.

"지켜본다…….."

중얼중얼…… 하고 카르마가 중얼거렸다.

"지켜본다…… 아들의 성장을, 지켜본다."

엄마의 입가가, 끌어 올려졌다.

"왠지 그거, 무척 엄마 같아!"

활짝! 하고 만면에 빛나는 미소를 띤 카르마.

……어젯밤 체키타가 한 말이 맞았다.

【카르마는 있지, 엄마에게 동경하는 면이 있으니까 말이지. 아들의 성장을 지켜봐 줘, 라고 말하면 분명히 얌전히 있어 줄 거야. 누나가 보증할게】

결과는 보시는 대로다.

무척 멋진 미소를 띤, 기분 좋은 엄마가 있었다.

"아들을 지켜보는 엄마…… 좋네요. 무척 좋아요!"

기분 좋은 듯이, 카르마가 그 자리에서 빙글빙글 돌았다.

"이해해줬어?"

"어쩔 수 없네요~!"

카르마는 기쁨을 억누를 수 없다는 듯이, 헤실헤실 웃었다.

"엄마는 아들의 성장을, 가만히 지켜보기로 했어요!"

엄마가 무척 좋은 미소를 띠더니, 뒤에서 류지를 껴안았다.

확, 하고 달콤한 꽃 같은 향기와 함께 물컹한 부드러운 가슴의 감촉이 등 뒤로 닿았다.

"그만하라니까! 정말!"

동 세대의 여자아이가 보고 있기에, 아들은 쭉쭉 엄마를 밀어내려고 했다.

시라가 엄마한테 못 벗어나는 못난 남자라고 생각하면 어쩌지…….

"와~, 두 분 정말 무척 사이가 좋네요!"

시라가 싱긋하고 밝은 미소를 지었다.

아무래도 호의적으로 해석해준 모양이다.

"역시 사이가 좋은 게 가장 좋은 거예요!"

"그, 그러네…… 응……."

"시라! 좋은 말을 했어요! 플러스 3조 포인트!"

과거에 면접을 봤을 때 마구 빠져나갔던 포인트가 지금 걸로 단숨에 플러스가 되었다.

뭐, 무슨 포인트인지 류지는 모르겠지만.

어쨌든, 이렇게 엄마가 방해하지 않고 모험을 나갈 수 있게 된 것이다.

☆　☆　☆

감시자의 조언대로 엄마가 손을 쓰지 않을 것을 약속해 주었다.

체키타에 대한 감사를 가슴에 품고, 류지는 도시 바깥을 걸었다.

이번에 류지 일행의 퀘스트는 야외에서 슬라임 퇴치다.

시각은 곧 점심이 된다.

도중에 엄마가 만든 대량의 도시락을 먹은 뒤, 드디어 임무에 착수했다.

류지가 기합을 넣었다.

이것이, 우리만의 실력으로 도전하는, 첫 퀘스트기 때문이다.

지난번에는 스몰뱃을 500마리나 쓰러트렸다.

그러나 그것은 전부 엄마의 힘이 있었기 때문.

자신들의 힘만으로 어디까지 할 수 있을지는 미지수였다.

그래서 류지는 안전책을 취해서, 너무 위험하지 않은 퀘스트를 받았던 것이다.

물론 위험도가 낮아지는 만큼 보수도 낮아져 버리지만, 지금은 이것저것 가릴 시간이 없다. 엄마의 생일은 눈앞이다.

류지는 스으읍, 하고 숨을 들이켰다.

"준비는 됐어, 시라 씨?"

류지는 등 뒤를 돌아보며 시라에게 말했다.

마술사의 지팡이를 든 시라가, 웃샤 하고 기합을 넣었다.

"네~ 예요! 시라는 언제라도, 준비 오케이인 거예요!"

오~! 하고 두 손을 들었다.

"이쪽도 녹화 준비 오케이랍니다!"

엄마는 비디오카메라를 들고 아들의 멋진 모습을 기록으로 남길 마음으로 가득해 보였다.

"······················좋아, 가자."

류지는 초원을 돌진했다.

점점 키가 높은 풀이 늘어났다.

파사삭! 하고 풀이 격렬하게 움직였다.

저것이야말로 토벌 대상인 몬스터, 【슬라임】이다.

"나왔구나, 류 군에게 위해를 가하려는 악마 녀서어어억!!! 내가 멸해주마아아아아!!!"

엄마가 파괴의 번개를 출현시키려고 했다.

류지가 막으려고 생각한······ 그때였다.

"헉······! 참아야 해! 오늘은 지켜보기로 했으니까!"

엄마가 번개를 도로 넣었다.

아무래도 류지의 지시를 엄마는 지켜주고 있는 모양이다.

고마워······ 라고 마음속으로 감사하고, 류지는 등 뒤의 검을 뽑았다.

"가자, 시라 씨! 작전대로!"

"네~ 예요!"

시라는 지팡이를 들고 정신을 집중했다.

하급 불 속성 마법인【화구】를 쏠 예정이다.

"【화구】 따위 정신을 집중하지 않아도 사용할 수 있어야 하잖아요! 자, 입에서 화르르륵 하고! 엄마라면 간단히 할 수 있다고요!"

시라가 마법의 준비를 하는 모습을 엄마가 전전긍긍하면서 지켜보았다.

그쪽은 내버려 두고 류지는 검을 겨누며 슬라임 앞으로 뛰쳐나갔다.

"위험해에에에에에!"

카르마가 얼굴이 새파랗게 질리면서 크게 소리를 질렀다.

류지를 향해 슬라임이 돌진했다.

"류 군 위험해요! 이 겔을 박살…… 아아 안돼안돼, 지켜본다고 결심했으니까!"

엄마가【만물파괴】스킬을 발동하려다가…… 참아주었다.

류지는 검의 옆면 부분으로 슬라임의 몸통 박치기를 막았다.

쿵! 하고 몸에 충격이 왔다.

"안돼에에에에에에에!!! 아들이 죽었어어어어어어어!!!"

비명을 지르는 엄마에게 아니 죽지 않았으니까, 라고 마음속에서 딴죽을 걸었다.

　괜찮아, 버틸 수 있어. 이 정도라면 전혀 아무렇지 않아!

　"류지 군! 준비 오케이인 거예요!"

　조금 지나 시라의 마법이 완성되었다.

　"알았어! 교대하면서 쏴!"

　류지는 슬라밍을 튕겨내고 즉시 뒤로 물러섰다.

　"불이여 모여라!【화구】!"

　시라의 말에 따라, 지팡이 끝에서 마법의 불이 출현.

　그게 구체가 되고, 휘융……!! 하고 슬라임을 향해서 날아갔다.

　"삐━━━!!!"

　시라의 마법에 의해 슬라임이 불에 탔다.

　하지만 치명상과는 멀다.

　"간다아아아아아!"

　류지가 검을 겨누고 뛰어들었다.

　"이야아아아아앗!!!"

　류지는 상단으로 검을 들어 올렸다.

　검을 휘두르는 법은 누구한테도 배우지 않았다.

　자세도 없고, 기술도 없다. 검을 그저 들어 올리고 휘둘렀다.

　그런 볼품없는 일격이…… 슬라임의 정수리에 작렬했다.

좌악……!

불타던 슬라임을 류지가 양단했다.

"삐기이이이……."

슬라임은 단말마를 지르고 이윽고…… 절명했다.

그 뒤에는…… 마법 결정이 남았다.

"…………."

"…………."

"…………."

그 자리에 있던 전원이 굳었다.

눈앞의 광경에 움직이지 못했다

류지는 제대로 손맛을 느꼈다. 그리고 가슴에 가득 찬 것은…… 거대한 성취감.

해냈다는 기분.

"해냈어……."

목소리가 떨렸다. 감정이 가득 차고, 흘러넘쳤다.

"해냈다아아아아!!!!"

류지가 환성을 질렀다.

몸이 기쁨으로 떨렸다.

류지는 드디어 자신의 힘만으로 무언가를 이룬 것이다!

"류지 군! 축하해요~ 예요!"

가장 먼저 달려온 것은 수인인 시라다.

그녀의 처진 토끼 귀가 쫑긋쫑긋 뛰어 올랐다.

시라가 류지의 손을 잡았다.

그리고 그 자리에서 둘은 같이 폴짝폴짝 점프했다.

"해냈어!""네~예요!"

라고 감동하는 두 사람.

그리고 그 한편…….

"…………."

엄마가 침묵하며, 그 자리에 서 있었다.

류지는 시라에게서 손을 떼고 엄마를 향해 손을 흔들었다.

"엄마! 나, 해냈어! 혼자서 쓰러트렸어!"

……하지만 엄마는 반응하지 않았다.

움직이지 않는다. 그저 멍하니 서 있을 뿐이었다.

"엄마……?"

이상하게 생각해서, 류지가 카르마에게 다가갔다.

얼굴 앞에서 손을 흔들어도, 그녀는 눈 한번 깜빡이지 않았다.

설마…… 라고 생각해서 카르마를 쿡 찌르자,

콰다아아앙!

……하고 그 자리에서 어머니가 뒤로 넘어갔다.

"어, 엄마! 괜찮아! 엄마?!"

그러자 카르마는 모기 우는 소리 같은 쉰 목소리로 말했다.

"너무…… 조마조마해서. 심장에, 부담이……."

아무래도 류지의 아슬아슬한 싸움을 그저 지켜볼 수밖에 없다는 정신적인 스트레스가 원인으로, 이렇게 되어버린 모양이었다.

"엄마…… 걱정 끼쳐서 미안."

그러자 엄마는 살짝 고개를 저었다.

"괜찮아요…… 아무튼, 류 군이…… 무사해서……다행, 이에요."

그 말만을 남기고 카르마는 풀썩하고 의식을 잃은 것이다.

류지가 동료와 협력해서 자신의 힘을 몬스터를 쓰러트
렸다.

그날 밤의 일이다.

류지 일행의 집, 1층의 방 침대에는…… 엄마가 자고 있
다.

뒤로 누워서 잠들어, 쌕쌕 숨소리를 내고 있었다.

류지는 엄마가 자는 침대, 그 옆에 앉아 카르마가 눈을
뜨기를 기다렸다.

"…………."

그 손에 【어떤 것】을 쥐면서.

"……엄마, 기뻐해 주려나."

곧게 누워서 자는 엄마는 의외로 천진난만한 표정을 짓
고 있었다.

엄마의 실제 나이는 몇 살인지 모른다.

하지만 인간의 모습을 한 카르마는 젊고 아름다워 자칫
잘못하면 자신의 누나로 보이지 않는 것도 아니었다.

"허억……! 여, 여기는……?"

카르마는 잠이 덜 깬 눈으로 상체를 일으키고,

"아, 류 군 발견!"

휙! 하고 뛰어 일어나 아들을 껴안았다.

너무나도 큰 가슴이 류지의 얼굴에 닿아 꽉 눌렸다.

답답했다. 하지만 부드럽고 기분 좋다. 그렇지만 떨어졌으면 좋겠다.

……이런 모습, 시라가 보면 부끄러워서 죽을 거다.

"아아, 아들니움이 보충되어 가요~……♡"

카르마는 류지를 가슴에 안고, 힘껏 포옹했다.

"아흡! 뭐, 뭐야 그게?"

다만 엄마는 힘을 조절하고 있는 듯했다.

힘껏 껴안는다고 해도, 그렇게 괴롭지는 않았다.

"아들과 닿지 않으면 몸에서 빠져나가는 성분이랍니다. 이렇게 아들을 꼭 껴안으면 보충돼요. 꼭♡"

"들어 본 적도 없어 그런 거…….."

어이없다는 어조로 류지가 말했다. 어차피 엄마가 만든 엉터리일 것이다.

"그건 일단 제쳐 두고, 류 군!"

카르마가 휙…… 하고 류지를 떼어놨다.

"축하해야겠어요!"

활짝, 하고 어린아이처럼 천진난만한 미소를 띠었다.

"류 군이 처음으로 자력으로 몬스터를 쓰러트린 거잖아요. 기념일로 등록하죠. 전 세계의 사람들에게 이날은 국경일로 삼도록, 국왕에게 부탁해보겠어요!"

당장이라도 엄마는 용으로 변신해서 왕이 있는 성으로 휙 날아가려고 했다.

"그건 됐으니까! 너무 호들갑스러우니까 그만둬!"

그런가요~, 라며 유감스러워하는 카르마.

"그럼 식사를 만들죠. 뭐가 좋아요? 엄마 스테이크인가요?"

"정말! 그게 뭐야."

류지는 쓴웃음 지었다.

"맞아 엄마. 실은, 요리 말인데."

류지가 말을 끝내기 전에, 엄마는 요리를 만들기 위해 자리에서 사라지고 없었다.

"……필요 없다고, 말하려고 했는데 못 했네."

류지가 속삭인 그때였다.

"뭔가요, 이건!"

거실 쪽에서 엄마의 큰 목소리가 들렸다.

류지는 일어서서, 엄마가 있는 곳으로 이동했다.

거기 있는 것은…… 거실 테이블을 응시하는 카르마의 모습이다.

"류 군…… 이 요리는…… 대체……?"

카르마가 아들을 보고, 덜덜덜…… 입술을 떨었다.

테이블 위에는 오믈렛이 놓여 있었다.

……라고 말해도 엄마가 만든 것처럼 깔끔한 요리가 아니다.

여기저기 태워 먹은, 볼품없는 오믈렛.

"……내가, 만들었어."

류지의 말에 카르마가 눈을 크게 떴다.

"마, 만들었어……? 【만물창조】 스킬이 없는 류 군이? 어떻게……?"

……딱히 요리하는 방법이 스킬로 만드는 것 뿐은 아니라고 생각하지만.

그러나 엄마에게 요리란 【창조】하는 것, 혹은 식자재를 【요리로 변화시키는】 것이었다.

"실은 이날을 위해서, 몰래 연습해뒀었어."

낮이면 엄마가 위험해! 라고 말하면서 부엌에 들여보내주지 않는다.

그러니까 엄마가 조용히 자는 타이밍을 노려서, 예전부터 연습하고 있었다.

누구를 위해?

그것은…… 물론, 엄마를 위해.

"그, 그러나 어째서 류 군이 요리를? 오늘 무슨 일 있었나요?"

마구 동요하는 엄마를 보고, 류지는 쓴웃음을 지었다.

"엄마. 항상 나에게 기념일, 기념일! 이라고 하면서, 정작 자신의 기념일은 잊어먹는걸."

"엄마의, 기념일?"

류지는 고개를 끄덕이고, 엄마에게 다가갔다.

주머니에서 상자를 꺼내서, 엄마에게 건넸다.

떨리는 손으로 카르마가 상자를 받았다. 뚜껑을 열자 거기엔.

"목걸이…… 인가요?"

그것은 은 체인으로 만든 목걸이였다.

다른 보석은 달려 있지 않은, 그냥 은 사슬. 확실히 말해서 싸구려 목걸이다.

그래도…… 이것은 특별한 물건이었다.

"류 군, 이건 대체……어떻게? 어디서……?"

류지는 쑥스러운 듯이 눈을 피하면서 밝혔다.

"샀어. 거리에서. 아까 전의, 슬라임 토벌 보상으로."

스몰뱃을 쓰러트리고 입수한 돈도 있다. 그것을 사용하면 더 괜찮은 것을 선물할 수 있었을 것이다.

하지만 거기에는 전혀 손을 대지 않았다.

그건 엄마의 힘을 빌려서 손에 넣은 돈이다.

결과적으로 엄마에게 돈을 받은 것과 다를 바가 없었다.

그래서는 안 되었다.

류지는 주고 싶었다.

꼭…… 자신의 힘만으로 번 돈으로…… 엄마에게 선물을 주고 싶었다.

류지는 엄마를 보고 말했다.

어째서, 선물을 줬는지, 그 이유를.

"엄마, 생일 축하해."

……사룡 카르마어비스가 이 세상에 태어난 것은 몇백 년 전 오늘.

류지 생일으로부터 며칠 뒤가 엄마의 생일이라고 체키타에게 옛날에 들었다.

그래서…… 류지는 자신의 생일에 집을 나갈 결의를 한 것도 있었다.

도시로 가서, 돈을 벌고, 그 돈으로 엄마에게 선물할 생각이었던 것이다.

직업을 갖고 돈을 벌고, 선물을 집으로 보내면…… 딱 오늘 정도에 도착하리라고 계산한 것이다.

애초에 줄 상대가, 이렇게 따라올 줄은 생각도 못 했지만.

그건 넘어가고.

"전부터 엄마한테 생일 선물을 하고 싶었어. 항상 나를 성대하게 축하해주는데, 자기 생일은 챙기지 않는걸."

류지가 철이 들었을 무렵부터, 엄마에게 뭔가 선물하고

싶다고 생각했다.

그래도…… 아무것도 가진 게 없는 어린아이인 류지로서는 엄마에게 선물할 수가 없었다.

숲에서 예쁜 돌을 주워서 줘도 좋았다. 하지만 그런 것은 어차피 소꿉장난이다.

……그게 아니라, 제대로 돈을 벌고 물건을 사서, 그것을 주고 싶었다.

엄마한테. 자신을 지금까지 키워준, 은인에게.

"엄마. 고마워."

"류 군……."

훌쩍…… 하고 엄마가 코를 훌쩍였다.

"우와아아아아아아아아아아아아아아아앙!!!"

하고 폭포처럼 눈물을 흘렸다.

"기뻐요오오오오오오!! 아들이! 아들이이이이이잇 쿨럭! 쿨럭!"

"괘, 괜찮아 엄마?"

"응!"

엄마가 어린아이처럼 밝은 미소를 지었다.

"에헤헤…… 기뻐요. 아들에게 축하를 받는 날이 올 줄은."

카르마는 받은 목걸이를 꼭 가슴에 품었다.

"싸구려 목걸이라 미안해. 지금의 나로서는 그것밖에

살 수 없어서."

"그렇지 않아요! 기뻐요. 기쁘고말고요. 인생에서 두 번째로 기뻐요."

첫 번째는…… 이라고 물어보려다가 쑥스러우니까 묻지 않았다.

"물론 첫 번째는! 류 군이 엄마의 곁에 와준 것이니까요!"

사람이 쑥스러워서 묻지 않은 일을…….

이 엄마는 나서서 말해버리는 것이다.

하지만, 그게 우리 엄마다.

"자, 먹어. 이 오믈렛, 엄마를 위해서 만들었어."

"그건 아까워요!"

카르마가 붕붕, 하고 고개를 저었다.

"류 군이 처음으로 만들어준 요리잖아요?! 이것은 특별 천연기념물로 등록해야죠! 앞으로 영원히 남겨야만 해요! 먹다니 너무 아까워서 그럴 수 없어요!"

"그런 건 됐으니까. 모처럼 만들었는데, 먹어주지 않으면…… 나, 슬플 거야."

그러자 엄마는 "뭐라고요오오오오오!!!"

눈을 부릅뜨고 외쳤다.

"그럼 엄마가 1초만에 다 먹어버릴게요!"

엄마가 의자에 앉아, 양손에 나이프와 포크를 들었다.

"정말! 맛보면서 먹어."

쓴웃음 지으면서 엄마 앞에 앉았다.

"물론이고말고요! 충분히 맛보면서도 1초 만에 먹고, 뇌에 오늘이라는 멋진 날의 추억을 1초 단위로 새겨보겠어요!!"

엄마는 잘 먹겠습니다! 라고 손을 마주하고는 우걱우걱 오믈렛을 먹었다.

도중에 아작, 하고 달걀 껍데기가 씹히는 듯한 소리가 들렸지만,

"하으으으으으읏! 맛있어! 너무 맛있어어어어어어어!!"

"미안해, 좀 태웠어. 그리고 달걀 껍데기도……."

"무슨 말을 하는 건가요! 무척, 무척, 무척!"

카르마가 눈물을 흘리면서 미소 짓고선,

"무척 맛있어요, 류 군! 고마워요!"

엄마에게 고맙다는 말을 들었다. 성취감에 가슴이 벅차오르면서, 류지 역시 웃었다.

너무 과장된 반응이지만.

그런 엄마의 과장된 면을 그리 좋아하지 않지만.

……절대, 싫지 않았다.

모험에 따라오지마,

엄마

2장
아들 특훈 편

Mom, please
do not come for
adventure!

카르마의 생일이 지난, 다음 날 아침.

그들의 집에 내방자가 있었다.

"하~이, 카르마. 생일 축하해~."

거실로 들어온 것은 장신의 엘프, 체키타다.

"당신인가요. 또 감시 대상의 앞에 태연스럽게 나오긴. 임무는 어떻게 하는 건가요?"

"뭐~ 좋잖아. 그리 벽창호 같은 소리 하지 마."

이 엘프는 국왕에게 받은 임무로, 카르마를 지켜보는 【감시자】다.

하지만, 이렇게 종종, 감시 대상 앞에 모습을 드러내고 별것 없는 일상 잡담을 하곤 했다.

"그래서? 오늘은 무슨 용건인가요?"

"봐봐, 어제 네 생일이었잖아? 그러니까 선물 가지고 왔어."

엘프의 손에는 와인이 쥐여 있었다. 테이블 위에 놓았다.

카르마의 표정이 확⋯⋯! 하고 밝아졌다.

"그래! 그거예요! 저 어제 생일이었다고요!"

일어선 카르마가 그 자리에 빙글빙글 돌았다.

그러자 목 주변에서 짤랑짤랑 금속음이 들렸다.

"보세요, 이거!"

딱, 하고 멈춰서서 카르마가 엘프의 앞으로 걸어갔다.

그리고 목에 걸고 있던 목걸이를 손에 들고 엘프에게 과시했다.

"어머나, 이게 뭐야?"

"이건 말이지요, 아들이 엄마에게 주는, 선물이에요!"

"어머 그거 기뻤겠네, 카르마."

체키타가 미소 지었다.

그것은 딸에게 보내는 듯한 자애로 가득한 표정이었다.

"아잇! 아들이! 사랑스러운 나의 아이가 엄마를 위해 선물을!"

아이처럼 그 자리에서 폴짝폴짝 뛰었다.

체키타는 쓴웃음을 지으면서 "정말 좋았겠어."라고 말했다.

"에헤헤~♡ 이걸로 저, 진짜 엄마에 한 걸음 다가갔어요~♡"

아들에게 선물을 받다니, 어머니다워!

라고 카르마는 기뻐하고 있는 것이었다.

"그러네⋯⋯."

체키타는 눈을 가늘게 뜨고 희미하게 미소 지었다.

그것은 마치 딸이 들떠 있는 모습을 보고, 기뻐하는 어머니 같은 미소였다.

"뭐, 지금의 언동은 어머니 같지 않지만 말이야."

"더 많은 사람에게 자랑하고 싶어요! 아들이 엄마에게 선물을 줬답니다, 라고!"

자기한테 불리한 소리는 들리지 않는, 카르마였다.

체키타는 두리번두리번, 주위를 둘러보았다.

엄마가 소란을 일으키면 바로 튀어나오는 그가 없었다.

"어라, 류는? 안 보이는데."

그러자 카르마가 딱 멈추고는 후훗~, 하고 여유로운 미소를 띠었다.

"류 군은 시라와 함께 아침부터 던전에 갔어요."

카르마는 그 자리를 벗어나 거실로 갔다.

의자에 앉아 다리를 꼬았다.

테이블 위에 놓여 있는 차를, 홀짝홀짝⋯⋯ 마셨다.

"어머나? 괜찮니?"

"괜찮니, 라뇨?"

체키타는 카르마의 정면에 앉아서 물었다.

"그러니까 그 아이를 따라가지 않아도 괜찮겠냐고, 묻고 있는 거야."

그러자 카르마는 "헹……!"하고 체키타를 바보 취급하듯이 코웃음 쳤다.

"무슨 소리 하는 건가요? 아들은 이미 15살이라고요. 모험에 엄마가 따라가는 것은 이상하잖아요?"

그 말을 들은 체키타는 입을 크게 벌렸다.

"뭔가요, 그 표정은?"

"……그게, 괜찮아?"

이번에는 불안한 듯이 눈썹을 찌푸렸다.

"열이라도 있는 거 아니니?"

체키타는 카르마의 이마로 손을 뻗었다.

찰싹, 하고 그 손을 카르마가 쳐내고 말했다.

"실례네요. 저는 지극히 평범해요. 아니! 컨디션 최고라고 해도 되겠어요!"

카르마가 후후후, 하고 웃으면서 차를 우아하게 홀짝였다.

"이제야 알았어요. 어머니란, 아들이 하는 일에 과도하게 간섭하지 않고 믿고 지켜본다. 이것이 엄마의 본래 모습인 거지요."

흐흥, 하고 카르마가 가슴팍의 목걸이를 만지면서 웃었다.

한편, 체키타는 이마에 땀이 맺혔다. 일어서서 카르마의 곁으로 다가갔다.

그녀의 이마에 손을 대고, 엘프가 "열은 진짜 없네."라고 말했다.

"열 따위 없어요."

홀짝…… 하고 카르마가 찻잔을 양손으로 들고 귀족처럼 우아하게 차를 즐겼다.

"하룻밤 만에 꽤 많이 성장했네."

엘프가 반대편에 다시 앉았다.

"뭐~ 그렇지요! 아들한테 선물을 받고, 저는 진짜 엄마로서 각성한 거예요."

히죽, 하고 웃는 카르마.

"응……. 뭐 좋아. 이제 슬슬 류 일행이 돌아올 무렵이네."

체키타는 쓴웃음을 지으면서, 벽에 걸려있는 시계를 봤다.

"그러네요, 이제 곧 있으면 오겠네요."

카르마는 일어서더니, 딱, 하고 손가락을 튕겼다.

테이블 위에 호화로운 저녁이 출현했다.

마침 딱 그 타이밍에 철컹, 하고 문이 열렸다.

사랑스러운 아들과 그 친구가 돌아왔다.

"어서 오세요, 류 구…………."

카르마는 여유 있는 미소를 띠고 아들을 맞이하다가 할 말을 잊었다.

돌아온 아들의 옷이…… 너덜너덜했다.

"다녀왔어, 엄마!"

"다녀왔습니다, 예요!"

아들이 활기차게 인사를 했다.

아무래도 겉모습과는 달리, 그렇게까지 몸에 큰 데미지는 없는 듯했다.

"어머나 류~. 어서 와. 꽤 너덜너덜하잖아?"

경직된 카르마의 뒤에서 체키타가 쑥 하고 얼굴을 내밀었다.

"체키타 씨! 안녕하세요!"

"그래~, 류. 그런데 어떻게 된 거야 그 복장은?"

체키타가 묻자 류지는 쓴웃음을 지으면서 대답했다.

"오늘, 둘이 던전을 들어갔어요. 그랬더니 우연히 보스 방을 발견해서."

"어머나. 던전 보스 방을 발견한 거구나."

던전에는 주인이라고도 할 수 있는 보스 몬스터가 존재한다.

그 방은 숨겨져 있어서 발견하는 게 어렵다.

"그래서 시라 씨와 같이 잠깐 도전해볼까 했거든요."

"어머나 참. 그건 조금 무모했구나."

던전 보스는 강하다.

류지 일행이 지금 맞설 수 있는 상대가 아니다.

"하지만, 해보지 않으면 모르는 일인 거예요!"

시라가 말하자 류지도 긍정했다.

"하지만 전혀 상대도 안 되더라구요. 그래서 상처를 입기 전에 도망친 거죠."

힐끗 류지가 카르마를 봤다.

"여기저기 더러워졌지만, 괜찮아. 상처도…… 넘어져서 까진 정도지, 괜찮다니까!"

웃는 얼굴로 말하는 류지에게 카르마는.

"우,"

"우?"

"웃기지 마아아아아아아아아아아!!!!"

카르마는 큰소리로 외치더니 "변신!" 그 모습을 인간에서 사룡으로 바꾸었다.

"어, 엄마?!"

【아들을 괴롭히다니이이이이이이이이이이! 때려죽여 버리겠어———!!!】

카르마는 스킬 【최상급 전이】를 발동.

보스의 방까지 단숨에 텔레포트했다.

"뀨……?"

거기 있던 것은 거대한 투구벌레였다.

다이아몬드의 껍질에 둘러싸인 보스 몬스터, 이름은 【금강 투구】라고 한다.

토벌 난이도 C라고 하는 지금의 류지 파티로서는 전혀

감당할 수 없는 상대다.

몬스터는 단단한 껍질로 보호를 받고 있기에, 데미지가 본체까지 들어가지 않는 것이다.

【네놈이 아들을 상처입힌 대역죄인……】

카르마의 분노는 한계치를 넘었다.

【나의 초초초! 소중한 존재를 상처입힌 네놈, 몇 번을 죽어도 부족해! 사형! 길티!】

카르마는 크게 숨을 들이마셨다. 가슴을 뒤로 젖히고, 그리고 입에서 드래곤의 숨결이 뿜어져 나왔다.

쿠아아아아아아아아아앙!!!!!!

방이 단숨에 용의 파괴광선으로 뒤덮였다.

압도적인 열량.

그 자리에 있던 생물, 비생물 가리지 않고, 모든 것이 숯덩이로 변했다.

당연히 투구벌레도 잠시도 버티지 못했다. 순식간에 재가 되어도, 카르마의 분노는 가라앉지 않았다.

【아아아아아아아! 내가 이렇게 어리석은 짓을!! 내가 따라가지 않은 탓에! 류 군이! 마이 러블리 울트라 천사인 류 군이! 상처를! 상처를 입고 말았어어어어어어어!!!!】

쿠오오오오오오!!! 하고 카르마는 외치면서, 불을 뿜었다.

이미 그것을 본 모험가는 누구라도 네가 보스잖아…… 라고 생각했을 것이다.

【아아! 실패야, 실패했어어어어! 내가 눈을 떼지 않았다면! 류 군이 이렇게 괴로운 꼴을 당하지 않을 수 있었는데! 난 바보야아아아아아!!】

이윽고 보스의 방을 불의 바다로 바꾸고, 그 불길이 더는 태울 게 없어서 사라진 뒤.

카르마는 즉시 텔레포트를 사용해서, 집으로 돌아왔다.

"아, 엄마. 어서 와."

목욕탕이라도 들어갔었는지, 류지는 깨끗해진 몸으로 카르마를 맞이했다.

"류————군!!!"

폴짝! 하고 카르마가 류지에게 뛰어들더니 그대로 꼬옥~ 하고 포옹했다.

"아아아아아 류 군, 류 군! 미안해에에에에에에!!!"

카르마는 껴안은 채,

"금방 회복마법을 걸 테니까!"

라고 말하며 수많은 회복마법을 걸었다.

"【사자 완전재생】! 【초절대회복】! 【초이상회복】! 【전체초회복】! 【여신의 축복】! 【치유 신의 축복】!"

최상급의 빛마법을 차례차례 그 몸에 받는 류지.

그러나 상처도 아무것도 없는 류지에게 그것은 불발로 끝날 뿐이다.

"어, 엄마, 괜찮다니까."

"아아아아아아, 안돼안돼 이런 거로는 류 군의 커다란 상처를 치료하지 못해!"

크악! 하고 눈이 빙글빙글 돌면서 동요를 드러내며 카르마는 말했다.

"사, 상처? 나 상처 따위 입지 않았는데?"

고역스러워하는 아들에게 엄마는 "아니요!"라고 부정했다.

"마음에 큰 상처를 입어 버렸어요! 이건 나의 실수예요! 엄마가 따라가지 않았던 탓에…… 엄마 자격 실격이야아아아아!!!"

흐에에에에엥! 하고 카르마가 어린아이처럼 큰 울음을 터트렸다.

조금 전까지 여유 따위, 그림자도 없었다.

"류 군! 엄마, 결심했어요!"

울음을 그친 카르마가 결연하게 말했다.

"역시 위험해요. 엄마, 내일부터 제대로 모험에 따라갈 테니까요!"

……그렇게 해서 사룡, 카르마어비스는.

막 성장했는데, 아들이 조금 상처를 입은 것만으로도 원래대로 과보호하게 된 것이다.

아들은 그 말을 듣고, 외쳤다.

"모험에 따라오지 마, 엄마!!!"

보스 몬스터한테 시라와 둘이서 도전한 다음 날 아침.

류지는 평소처럼 눈을 떴다.

"으············ 잘 잤어·······."

그곳은 자택 2층에 있는 류지의 방이다.

침대에서 상반신을 일으키고, 쭉 기지개를 켰다.

"오늘은 시라 씨와 약초 채집 퀘스트지! 좋아, 힘내자!"

류지가 나갈 준비를 다 하고, 아침을 먹으러 방을 나간······ 그 순간.

"뭐, 뭐야 이거?!"

눈앞에 광경에 류지는 괴상한 목소리를 내고 말았다.

놀라는 것도 무리는 아니다. 그도 그럴 것이 방 바깥이······ 호화로운 복도였기 때문이다.

"여기, 어디······?"

샹들리에. 폭신폭신하고 새빨간 융단. 복도 이곳저곳에는 동상과 그림 같은 게 쭉 늘어서 있다. 여담이지만 전부류지의 그림과 상이었다.

"어, 어, 무슨 일이야?!"

류지는 지금 막 나온 자신의 방 안과 바깥을 번갈아 봤다.

어제까지는 방에서 나오면 짧은 복도가 있고, 1층으로 연결되는 계단이 보였다.

그런데, 눈 앞에 펼쳐진 것은 확연하게 처음 보는 장소.

대체 어떻게 된 건지…… 라고 당혹스러워할 그때였다.

"류, 류지 구우우우우우우우운!"

반대쪽 오른쪽에 시라가 있었다.

"시라 씨!"

아는 얼굴이 있어서 류지는 휴 하고 안도의 한숨을 쉬었다.

한편 시라는 눈물이 맺힌 눈동자로 타다닥! 하고 달려왔다.

"후에에에에에엥! 류지 구우우우우우운!"

시라는 전속력으로 달려오더니, 그대로 류지의 품으로 뛰어들었다.

"우왓!"

놀란 류지를 아랑곳하지 않고, 시라는 그의 몸을 꼬옥 안아줬다.

"류지 군, 무서웠어요오오오오오! 일어났더니 모르는 장소라아아아!"

훌쩍훌쩍 우는 시라.

류지는 얼굴을 새빨갛게 물들이고 눈을 피했다. 여자의 부드러운 몸에 가슴이 설렜다.

"시, 시라. 그게…… 일단 진정해볼래?"

류지는 착하지, 착하지 하며 시라의 머리를 쓰다듬었다.

조금 지나 시라는 휴 하고 한숨을 쉬었다.

"다행이야…… 류지 군이 있어서…… 안심한 거예요."

"나도 시라 씨와 합류할 수 있어서 안도했어."

류지는 조금 전까지는 공황에 빠져 있었지만, 지금은 냉정함을 되찾았다.

나보다 당황하는 시라가 있었기 때문이려나?

한편 시라는 "저기, 그게……."라며 우물거렸다.

"류지 군…… 그게~."

"응? 왜 그래?"

시라가 우물쭈물하며 몸을 비비 꼬았다.

"가능하면 그게…… 조금 전처럼 시라라고 그냥 편하게 불러줬으면 하는 거예요."

뺨을 확 붉히고 글썽이는 눈동자로 시라는 말했다.

시라가 허둥지둥 안겨 올 때, 류지 역시도 동요해서 그만 그녀의 이름을 편하게 불러버린 것이었다.

"어, 아, 미안. 막 불러서."

"아니요, 괜찮아요. ……안 돼요?"

"안돼…… 는 건 아닌데. 그게…… 괜찮겠어?"

네, 라며 시라고 웃으면서 고개를 끄덕였다.

만난 지 얼마 안 되는 상대에게 실례라고 생각했지만, 그녀가 좋다고 하니 류지는 시라를 편하게 부르기로 했다.

☆　　☆　　☆

"어떻게 된 걸까, 여기? 저기…… 시라."

차분함을 되찾은 유지는 시라와 함께 복도를 둘러보았다.

이름을 편하게 부르자 시라는 토끼 귀를 쫑긋쫑긋 기쁜 듯이 움직였다. 귀여워라.

"어제 잠들 때는 이런 모습이 아니었어요."

"……자는 사이에 뭔가 했겠지."

"역시 이거, 카르마 씨가……?"

"아마도…….."

휴, 하고 한숨을 쉬는 류지.

"대단하다~ 복도가 성 같아……. 역시 카르마 씨는 대단한 거예요."

시라가 눈을 반짝반짝 빛냈다.

이 아이는 아무래도 엄마의 폭주를 호의적으로 해석하는 듯했다.

"하여간 엄마가 있는 곳으로 가보자. 어째서 이런 짓을 했는지 물어봐야지."

"네, 넵!"

류지의 뒤에서 시라가 쫄랑쫄랑 쫓아왔다.

"엄마! 어딨어?! 엄마!"

너무나도 긴 복도를 걸으면서 류지는 소리를 질렀지만, 엄마는 나오지 않았다.

안으로 전진했다. 복도에는 문이 여러 개 있어서 하나하나 방이 있었다.

목욕탕. 오락실. 식물원.

등등 다양한 용도의 방이 있다.

한동안 걷다 보니 【엄마의 방】이라고 적힌 커다란 문과 마주했다.

"……여긴가."

류지는 문을 열었다.

그러자 조금 전의 복도를 아득히 초월한 거대한 방이 펼쳐져 있었다.

왕의 알현실…… 이라고 할지, 마왕의 방 같은 장엄한 느낌이 나는 만듦새였다.

그 방 안에는 옥좌가 있었다.

거기 앉아 있는 건…… 엄마 카르마였다.

"잘 왔어요, 류 군. 기다리다 지쳤다구요."

옥좌에서 엄마가 싱긋 미소 지었다.

"엄마! 대체 이게 무슨 일이야……?!"

류지가 엄마에게 다가가 목소리를 높였다.

"류 군."

카르마가 일어나, 발 소리를 내면서 류지 일행에게 다가 갔다.

"엄마, 어제 일로 알게 된 게 있어요."

조용한 표정의 엄마가 다가왔다.

"알게 된 일……?"

"예. 그것은 단순한 사실이었어요."

이윽고 류지 일행 앞으로 다가오더니 와락! 하고 강하게 포옹했다.

"바깥, 위험해."

그런 어린아이 같은 소리를 하는 카르마를 류지는 꾹 밀 어냈다.

"바깥은 위험이 가득해요. 사고와 부상의 원인이 되는 게 얼마나 많은지!"

거기서 엄마가 말을 이어갔다.

"엄마는 고민했어요. 역시 바깥은 위험하다고. 그러니 까 이렇게 생각한 거예요."

싱긋, 성모처럼 미소를 띠고 카르마는 말했다.

"평생, 안전한 집안에서, 살자고요."

이건 위험해, 라고 류지는 생각했다.

뭐가 위험하냐고? 엄마의 눈이 진지했기 때문이다.

진심으로 이 사람, 집 안에서 평생 살아야겠다고 바보 같은 소리를 하는 거다!

"하지만, 집 안에서 평생을 살면 류 군이 질려버릴 거잖아요. 그러니까 엄마가 집을 아주 조금 개조한 거예요."

"아주 조금이 이거야?!"

"왕의 성을 모방해서 만들었는데 마음에 들지 않았나요?"

깜짝 놀란 듯이 고개를 갸웃한 엄마.

류지는 할 말을 잃었다.

"필요한 시설이 있다고 하면 사양하지 말고 말해주세요. 증축할 테니까요."

"아니, 그런 소리를 하는 게 아니야! 바깥에 내보내 줘!"

그러자 카르마는 미소 지으면서 대답했다.

"부디 나가고 싶다면 얼마든지."

카르마가 막지 않는데 격렬한 위화감과 함께, 안 좋은 예감이 가슴속에 퍼졌다.

"……출구는 어디야?"

"복도를 따라 쭉 직진해주세요."

류지는 시라를 그 자리에 남기고 혼자 복도를 달렸다.

달려서…… 복도의 끝까지 갔다.

문을 연다.

"뭐, 야…… 이거……."

휘이이이이이이잉……….

하고 눈 아래에는 푸른 하늘이 펼쳐져 있었다.

류지는 그 자리에서 풀썩 엉덩방아를 찧었다. 문 뒤에는 구름 바다가 펼쳐져 있었다.

눈앞에 한없이 넓은 푸른 하늘이 있었다.

"엄마는 생각했어요."

어느 사이에 등 뒤에 있던 엄마를 돌아보았다.

"결계 같은 걸로 집에 가둔다는 방법도 있었어요. 하지만 그런 것보다, 더 좋은 안이 떠오른 거예요."

응응, 하고 끄덕이며 엄마는 말했다.

"집을, 하늘 위에 만들어버리면 된다구요♡"

☆   ☆   ☆

마왕의, 아니 엄마의 방으로 돌아온 류지.

거기서 기다리던 시라에게 바깥의 상황을 전달했다.

"하, 하늘 위인 건가요……?"

시라는 눈을 크게 부릅떴다.

류지는 엄마의 소행에 어이없어하면서도…… 앞으로 어떻게 할지 어찌할 바를 몰랐다.

그 한편 카르마는 여유로운 미소를 띠면서 옥좌에서 말했다.

"시라, 당신도 이 성에 사는 것을 허락하지요."

"성! 공주님 같아!"

활짝……! 하고 시라가 밝은 미소를 띠었다.

"……헉!"

그러나 다음 순간 시라의 표정이 흐려졌다.

"카르마 씨…… 그게 성에서는, 이제 나갈 수 없는 건가요……?"

카르마가 끄덕하고 긍정했다.

"바깥이 위험하다는 사실을 알았거든요. 당신들은 이 성에서 평생 살도록 해야겠어요."

아무래도 카르마는 진심으로 류지와 시라를 이 성에 가둘 작정인 모양이다.

살아 있는 인간의 몸을 지닌 류지와 시라는 이 아득한 상공의 성에서 탈출하기 어려웠다.

어떻게 하지…… 하고 류지가 곤란해하던 그때다.

"평생……."

글썽…… 하고 시라가 눈에 눈물이 맺혔다.

"시라, 이제…… 엄마와 가족이랑, 만나지 못하는 건가요……?"

그 말을 들은 류지가 번뜩 놀랐다.

그랬다. 시라한테도 가족은 있다.

어디 있는지는 들을 적이 없지만, 제대로 본가가 있고 그곳은 시라의 엄마와 가족이 있을 것이다.

여기서 평생 산다는 것은 그녀의 가족도 이제 만나지 못하게 된다는 이야기였다.

"흑…… 엄마……."

시라의 뺨에 눈물이 또르륵 흘렀다.

그 모습을 본 류지는 미안한 기분이 들었다.

류지만이라면 좋다. 엄마의 폭주에 익숙했다.

하지만 관계없는 시라를 말려들게 해서는 안 된다.

"…………."

꼭, 하고 류지는 주먹을 움켜쥐었다.

울고 있는 시라를 보고 싶지 않았다.

"엄마, 우리를 지상으로 돌려 보내줘."

류지는 결연히 옥좌에 앉은 엄마를 봤다.

"안 돼요. 바깥은 위험해요. 절대 안 돼."

카르마는 휙휙 고개를 저었다. 그녀의 의사는 바뀌지 않는 모양이다.

"도저히?"

"도저히."

류지는 시라를 봤다.

슬픈 표정의 친구를 보자, 마음이 아팠다.

"…………."

카르마를 봤다. ……엄마의 슬픈 얼굴도 보고 싶지 않다. 보고 싶지 않지, 만.

"엄마…… 우리를 돌려보내 줘."

"안돼! 절대 안 돼!"

이것은 엄마의 마음을 상처입히는 나이프라고 알면서도, 미안하다고 마음속으로 사과하면서.

"돌려 보내주지 않는다면…… 나. 엄마랑 모자의 연을 끊을 거야."

그 효과는 절대적이었다.

"………………………………."

엄마가, 딱 하니 굳었다.

그 자리에 엄마가 얼어붙은 것이다.

하지만 자세히 보니 엄마는 새파랗게 질린 표정으로 몸이 푸들푸들…… 떨리고 있었다.

……미안.

류지는 알고 있다. 엄마는 아들에게 미움을 사는 것을 극도로 두려워하고 있다는 것. 그것은 류지를 깊이 사랑하고 있기에 그런 것이다.

그렇기에, 절연이라는 말의 효과는 지극히 컸다.

싫다는 것보다 더 큰 거니까. 카르마의 마음은 깊은 상처를 입은 거겠지.

"……………………………………."

꽁꽁, 얼어붙은 엄마.

"엄마. 우리를…….."

파직, 파지직.

"어, 무슨 소리……?"

"류, 류지 군! 저기!"

시라가 마왕성…… 아니, 엄마가 만든 성벽을 가리켰다.

석조의 벽에…… 균열이 생겼다.

"뭐, 뭘까…….."

"모르겠지만 위험해!"

파직, 파직파직, 파지지지지지직!

균열이 사방에 생겼다…… 고 생각한 그때였다.

빠직…………! 빠직빠직빠직빠직빠직!

뭔가 부서지는 소리가 난 뒤에,

쿠구구구구구구궁………………!!!!

"지, 지진인가요?!"

지면만이 아니다. 벽도 천장도 크게 흔들렸다.

흔들림이 점점 격렬해지고, 거기 서 있을 수도 없게 되었다.

"엄마?! 대체 뭘 한거야?!"

류지는 지면을 기면서 엄마를 향해 외쳤다.

"…………………………………………………………………… ."

하지만 카르마는 대답하지 않았다. 허공을 바라보며 흰 자위를 보이고, 거품을 물고 있었다.

그 몸은 격렬하게 떨렸다. 그 진동이 건물을 흔들고, 붕괴로 유도하고 있는 것이리라.

"엄마!!"

류지가 소리를 지른 그때였다.

쿠구구우우우우우우웅!!!!!

"바, 바닥이?!"

"꺄아아아아아아아아아아!!!!"

바닥이 뚫리고 류지와 시라가 공중에 내던져졌다.

몸이 쑥! 하고 밑으로 당겨졌다.

돌풍이 아래에서 불고 순간 몸이 떴다.

하지만 낙하는 멈추지 못하고 어마어마한 속력으로 지면으로 떨어져 갔다.

"류, 류지 구우우우우우우우우우우우우우우우우우우우운!"

"시라아아아아아아아아아아아아아아아아아아아아아!!!"

두 사람은 외쳤다. 하지만 서로의 목소리가 들리지 않는다. 바람이 몸을 찢는 소리가 너무 컸다.

얼어붙을 듯한 한기와 압도적인 공포.

아득한 성공에서 다이빙해서 살아남을 수 있을 리가 없다.

"도, 도와줘! 엄마아아아아아아아아아아아아아아!!!"

엄마에게 도움을 철하는 류지. 하지만 엄마는 정신을 잃고 머리부터 일직선으로 떨어지고 있다.

이 상황을 어떻게든 할 수 있는 것은 드래곤인 엄마뿐이다.

"이, 이제 끝났어…………."

류지가 모든 것을 포기하고 눈을 감은 그때였다.

【괜찮아♡】

"……어?"

정신을 차리고 보니 류지와 시라는 무사히 지상에 내려와있었다.

카미나 시 외곽의 초원에 류지 일행은 내려서 있었다.

"어, 어떻게 된 거야……?"

조금 전까지 하늘 위였는데. 그러나 눈을 감았을 때 체키타의 목소리가 들렸다.

분명, 모르는 사이에 그녀가 류지 일행을 도와준 것이다.

"그, 그래! 엄마, 괜찮아?!"

류지는 허둥지둥 엄마의 낙하지점으로 달려갔다.

거기에는 운석이 떨어진 것 같은 크레이터가 만들어져 있었다.

"엄마, 엄~마~!"

지면이 움푹 파인 중심 지점에 엄마가 머리부터 지면에 떨어져 있었다.

류지는 서둘러 엄마 곁으로 가, 쏙 하고 뽑아냈다.

"뀨~~~·················."

엄마는 기절했지만, 목숨에 지장은 없는 듯했다.

"다, 다행이야······."

류지는 깊이, 안도의 한숨을 쉬었다.

사룡 카르마어비스는 지난날의 꿈을 꿨다.

'………….'

그곳은 카르마가 사는 동굴이다.

아무것도 없고, 새카만 암흑 속, 사룡은 숨을 죽이고 조용히 살고 있었다.

'쓸쓸해…….'

카르마는 나지막하게 속삭였다. 작은 목소리는 동굴에 울려 퍼지고, 이윽고 사라졌다. 목소리를 들은, 누군가가 왜 그러냐고 묻는 일은 없다.

아무도 없는, 아무것도 없는 동굴에서, 카르마는 그저 가만히 있었다.

'………….'

바깥으로 나가려고 하지 않았다. 나간다고 해봐야, 상처 입게 되는 것은 뻔히 보였기 때문이다.

'흑…….'

사룡은 뚝뚝 눈물을 흘렸다.

'쓸쓸해………….'

사룡 카르마는 과거에 세계를 멸망시키려고 한 사신왕 베리얼을 쓰러트리고 세계를 구원했다.

하지만 기다리고 있던 것은 오랜 고독과 사람들의 경외심이었다.

사신의 힘을 흡수해서, 카르마에게 이길 수 있는 자는 아무도 없게 되었다.

사람들은 말한다. 사신을 쓰러트리고 세계를 구원해줘서 고맙다고.

하지만 누구 하나 카르마와 깊이 엮이려고 하지 않았다.

다들, 최강의 사룡이 된 카르마를 두려워서 가까이하려고 하지 않은 것이다.

그것은 동족들도 마찬가지였다.

강한 힘을 갖게 된 카르마를, 어떤 드래곤은 두려워하고, 또 다른 드래곤은 질투했다.

'강해지고 싶지 않았어…….'

사신을 쓰러트린 것은 자신의 의사였지만, 딱히 강해질 마음은 전혀 없었다. 하지만 결계로서 강대한 힘을 가지게 되면서 다들 멀리하게 되어버린 것이다.

'이제…… 죽어버릴까…….'

사신을 쓰러트리고 약 100년이 지났다.

고독을 견디지 못하게 된 카르마는 죽음을 결의했다.

그날, 카르마는 자신의 힘을 가지고 최강인 자신을 죽이려고 했다…… 그러나.

자살을 결의한 그날.

카르마는 【보물】을 주웠다.

"응애! 응애! 응애!"

동굴 입구에서 갓난아기의 울음소리가 들렸다.

신경이 쓰인 카르마가 다가가 보니, 귀여운 갓난아기가 동굴 앞에 놓여 있었다.

'이 아이는, 대체……?'

사룡은 작은 갓난아기를 바라보았다. 그 아기와 눈이 마주한 순간,

'꺅꺅♡ 꺅꺅♡'

하고 그 갓난아기는 카르마를 보고 실로 즐거운 듯이 웃은 것이다.

'흑, 으읏, 후에에에에에에에엥!'

갓난아기의 미소를 보고 카르마는 엉엉 울었다. 기뻤다.

그 아무도 사룡인 카르마를 두려워하고 다가오려고 하지 않았다.

하지만 이 아이는? 카르마에게서 도망치기는커녕, 얼굴을 보고 웃었다.

공포로 떠는 게 아니라, 즐거운 듯한 그 미소에 카르마

어비스는 구원을 받은 것이다.

'저…… 결심했어요. 저, 이 아이의 엄마가 될 거예요! 이 상냥한 아이를, 제가 기르는 거예요!'

그 순간, 오랫동안 이어져 왔던, 카르마의 고독이라는 이름의 지옥은 종말을 맞이했다.

그리고 새롭게, 엄마로서 제2의 인생을 보내기로 한 것이다.

☆　☆　☆

천공성이 붕괴한, 다음날.

카르마는 자신의 방 침대 위에서 신음했다.

"아우우………… 우우…………."

얕은 잠과 각성의 반복.

잠들었다가 악몽에 눈을 뜨고 피로에 다시 꿈을 꾸는 일의 반복이다.

머리가 무겁다. 기분이 최악이다.

다시 눈을 감는다…….

【모자의 연을, 끊을 거야】

"으아아아아아아아아아아!!!!"

벌떡……! 하고 카르마는 기세 좋게 일어났다.

"싫어싫어……! 류 군! 나를! 싫어하지 말아줘!!"

카르마는 그 아름다운 흑발을 마구 흐트러트렸다.

"나 정말 싫어! 쓸쓸한 건 싫다고! 그러니까…………!!!!"

반 광란에 빠져서, 카르마가 외친…… 그때였다.

"진정해, 카르마."

살포시…… 누군가가 카르마의 몸을 상냥하게 안아주었다.

"…………."

"카르마. 진정해. 진정하도록 하렴…… 알겠지?"

카르마를 안고 있는 것은 감시자 엘프, 체키타였다.

따뜻하고 부드러운 체키타의 몸에 감싸여 있자, 자연히 마음이 가라앉았다.

카르마는 말없이, 그녀의 가슴에 안겨 있었다.

체키타 역시 아무런 말도 하지 않고 카르마의 몸을 꼭 껴안고 있다. 등을 쓸면서 머리도 쓰다듬었다.

조금 지나,

"진정됐어?"

"…………."

카르마가 체키타를 꾹 하니 밀어냈다.

"……무슨 용건이죠?"

카르마는 엉뚱한 방향을 보면서 말했다. 조금 전까지 이 녀석에게 안겨 있던 것이 부끄러워서 거북했다.

체키타는 미소 짓더니, 주머니에서 손수건을 꺼냈다.

"딱히 없어. 하지만, 좋아하는 아이랑 만나는데 이유가 필요해?"

손수건을 가까이 대고, 카르마의 눈가를 닦았다.

"…………."

평소의 카르마라면 체키타의 말에 반발하거나 욕설을 내뱉었을 것이다.

그러나 카르마는 가만히 하는 대로 두었다.

반발한 기력이 조금도 솟아오르지 않는 것이다.

조금 지나 체키타는 다 닦았다.

"자 끝."

"……고마워요."

체키타는 카르마의 옆, 침대 가장자리에 앉았다.

카르마는 상반신을 일으킨 상태에서 휴우…… 하고 한숨을 쉬었다.

"지독한 얼굴이네. 괜찮아?"

체키타가 카르마의 머리를 가볍게 포옹했다. 걱정스러운 듯이, 그녀를 봤다.

"……………."

카르마는 반발하려다가 관뒀다.

조금 전처럼, 체키타의 품속에서 가만히 있었다.

체키타는 카르마의 머리를 쓰다듬을 뿐이다. 마치 카르마가 이야기를 꺼내기를 기다리고 있는 듯했다.

"……류 군은,"

카르마는 나지막하게 속삭였다.

"나를…… 싫어하게 되었으려나……. 내 행동, 민폐였으려나……?"

카르마가 약한 소리를 내뱉었다.

연약한 목소리였다.

체키타는 카르마를 끌어당기고 꼭 껴안았다.

"괜찮아, 류는 너를 싫어하지 않고, 민폐라고 조금도 생각하지 않고 있어."

"……하지만, 나와 모자의 연을 끊는다고."

"그렇게라도 말하지 않으면, 너는 류를 성에 평생 가둬두려고 했잖아. 류는 말이지, 카르마가 시짱한테도 민폐를 끼칠 것 같으니까, 미안하다고 생각하면서도 그렇게 말한 거야."

체키타의 말에 귀를 기울이고 있자, 자연스럽게 마음이 평온해졌다.

"류는 누구보다 상냥한 아이야. 시짱이 자신의 가족과

평생 만나지 못하게 되는 것은 좋지 않다고 생각한 거지. 정말, 상냥한 아이란다.”

“하지만…… 모자의 연을 끊는다고.”

카르마에게 가장 상처가 된 대사가 그거다.

오랜 고독을 위로해준 유일한 존재가 류지였다.

소중한 류지와 모자의 연이 끊어진다, 그것은 카르마에게 죽음과 같은 의미였다.

“류는 네게 그 말을 할 때, 무척 괴로운 표정을 지었어. 정말로 류는 상냥한 아이라 말이지. 다른 사람의 마음을 아는걸.”

그런 거, 이 엘프가 말하지 않아도 카르마는 잘 알고 있다.

류지는 상냥한 아이다.

엄마를 배려하는 마음도 가지고 있고, 누구에게나 예의 바르고 배려할 수 있다.

자랑스러운 아들이다. ……자신에게 아까울 정도였다.

“그런 식으로 자란 것은 카르마, 네 교육방식이 좋았던 거지.”

“………읏!”

카르마가 눈을 크게 떴다.

입술이 떨렸다. 글썽…… 하고 눈물이 맺혔다.

그것은 슬픔의 눈물이 절대 아니다. 기뻤기 때문이었다.

"류가 상냥한 아이가 된 것은, 당신이라는 어머니가 잔뜩 애정을 쏟아부었기 때문이야. 그것은 누구나 할 수 있는 일이 아냐. 자랑스러워하도록 해."

"……………."

카르마는 울음이 터질 뻔한 것을 필사적으로 억눌렀다.

하지만 뚝뚝…… 눈물이 흘렀다.

체키타는 손수건을 꺼내고, 카르마의 눈물을 닦았다.

"카르마. 당신 늘 불안한 거지?"

체키타의 말에 카르마는 끄덕하고 수긍했다.

"당신이 류를 낳아준 부모가 아니니까, 진짜 엄마가 아니니까, 항상 류에게 버려지는 건 아닌가, 불안해서 참을 수가 없는 거지?"

카르마의 가슴속을 꿰뚫어 본 것처럼 체키타는 말했다.

몇 번이고 카르마는 끄덕였다.

"그러니까 노력해서 엄마가 되려고 하는 거잖아. 필사적으로 진짜 엄마가 되려고, 발돋움하면서."

"…………."

어째서일까. 이 여자는 카르마가 한 번도 말한 적이 없는데, 가슴속에 소용돌이치는 불안을 이렇게나 쉽게 꿰뚫어 보는 거지.

"그렇게 엄마가 되려고 노력하는 자세는 류한테도 충분할 정도로 잘 전달되고 있어."

"……정말?"

"그럼, 정말이야."

포근하게, 체키타는 부드러운 미소를 지었다.

"그러니까 류는 그렇게 상냥한 아이로 자랐잖니. 엄마로서 당신은 충분 이상으로 역할을 다하고 있는 거야."

그러니까, 라고 체키타는 뒤를 이었다.

"저 아이가 너와 모자의 연을 끊는 일은 있을 수 없어. 저 아이의 엄마는 카르마, 당신밖에 없다고 류도 분명 그렇게 생각하니까."

그러니까 안심해…… 라고 체키타가 웃었다.

"…………응."

눈물이 흘러 떨어졌다. 체키타는 그것을 닦고 상냥하게 머리를 쓰다듬었다.

그녀의 상냥함과 온기와 그리고 말이 카르마를 위로해 주었다.

거친 파도가 몰아치는 것 같았던 정신은 완전히 고요해졌다.

체키타가 카르마에게서 떨어졌다.

"…………고마워."

체키타의 얼굴을 보는 게 쑥스러웠다.

자신이 조금 전에 연약한 모습을 보여줬으니까,

체키타는 쓴웃음을 짓더니,

"뭐, 아직 조금은 엄마로서 행동이 지나칠 때는 있지만 말이야."

체키타가 다시 카르마의 머리를 쓰다듬으려고 했다.

"…………시끄럽네요."

찰싹, 하고 카르마가 그 손을 쳐냈다.

"앞으로 시간을 들여서, 힘 조절…… 아니네, 엄마 조절을 익혀가면 된다고 이 언니는 생각해. 카르마 엄마♡"

체키타가 자애로 가득한 눈으로 카르마를 보고 말했다.

따뜻하게 지켜보는 엄마의 시선이 거기 있었다.

……카르마는, 부러웠다.

저런 식으로 자애로 가득 찬 엄마로서 행동이 가능한 체키타가…… 부러워서 참을 수가 없었다.

카르마는 엄마로서 자신이 없으니까, 엄마로서 완벽한 체키타가 싫은 것이다.

그러니까 카르마는 말했다.

"시끄러워요. 빨리 사라져 줘요."

이렇게 그만 밉살스럽게 말했다. 진짜 마음을 몰래 감추고는.

엄마가 부활하고 1시간 뒤.

류지는 시라, 그리고 체키타와 함께 모험가 길드에 있었
다.

길드홀은 주점 겸 식당으로 되어 있었다.

그곳 한쪽 구석 자리에 류지 일행은 앉았다.

"체키타 씨, 감사했습니다."

류지는 눈앞에 앉은 체키타에게 꾸벅 머리를 숙였다.

누나 엘프는 "됐어, 신경 쓰지 마."라고 밝게 웃었다.

일의 발단은 몇 시간 전.

카르마가 누워 있는 것을 류지는 마음 아파하면서도 임
무로 출발.

임무를 끝내고 길드에서 저녁을 먹고 있을 때, 체키타가
다가왔다.

그리고 카르마가 기운을 차렸다고 알려준 것이다. 체키
타가 수습해준 모양이다.

"체키타 씨, 언제나 정말 고마워요."

그렇게 보여도, 엄마는 멘탈이 약하다.

류지의 말 하나에 깊은 마음의 상처를 입을 때가 있다.

그럴 때 엄마의 멘탈케어를 해주는 게, 이 엘프 누님인 것이다.

"신경 쓰지 마, 류~. 이 누나는 좋아서 너희를 돌보고 있는 거니까."

알겠지♡ 라면서 웃는 체키타.

류지는 이 사람한테 항상 신세만 지게 되어서 미안하다고 생각하고 있었다.

그러자 두 사람의 대화를 보던 시라가 불안해했다.

"어머나, 왜 그러니~ 시짱?"

체키타가 살짝 고개를 갸웃했다.

"아, 아뇨…… 그게…… 두, 두 분은…… 아, 아무것도 아닌 거예욧!"

허둥지둥 고개를 젓는 시라.

뭘까, 라고 류지는 고개를 갸웃했다.

"그것보다…… 카르마 씨가 기운을 차린 듯해서, 다행이에요!"

활짝 웃는 시라.

워래빗 소녀는 류지의 옆에 앉아 있다. 류지와의 거리가 생각보다 가까웠다.

기뻐서 양손을 들었을 때, 팔꿈치가 닿았다.

""앗……!""

류지와 시라는 서로 폴짝 거리를 벌렸다.

""죄, 죄송합니다……!""

두 사람이 얼굴을 붉히고 꾸벅 머리를 숙였다.

"어머나, 어머어머. 흐~~~응♡"

체키타가 눈을 가늘게 뜨고 즐거운 듯이 웃었다.

"그렇구나. 류는 시짱처럼 지켜주고 싶어지는 아이가 타입인 거네♡"

"무, 그, 무슨 소리 하시는 건가요?!"

류지가 강하게 반발했다.

스륵…… 하고 체키타가 사라졌다.

그리고 다음 순간, 류지 옆(시라와 반대 사이드)에 출현했다.

"언제부터 의식하기 시작한 걸까? 역시, 시짱에게 안겼을 때부터?"

체키타는 류지의 어깨에 팔을 두르고, 자신 쪽으로 휙 당겨 안았다.

"그, 그런 게 아니라니까요!"

얼굴을 새빨갛게 물들이고 부정하는 류지.

하지만 동요로 목소리가 떨렸다.

"후후♡ 류도 어른 다 됐네. 옛날에는 체키타 씨랑 결혼 할래~ 라고 했으면서~. 누나 조금 쓸쓸해."

"예, 옛날 일이잖아요! 정말! 놀리지 말아 주세요!"

체키타가 다시 사라지고 정면 의자에 다시 출현했다.

빤히……

시라가 류지, 그리고 체키타를 열심히 봤다.

"응~? 왜 그러니, 시짱?"

체키타의 눈이 가늘어졌다. 입가가 흐물흐물 풀어져 있다. 뭔가 즐거워 보였다.

"저, 저기, 그게요!"

시라가 소리를 높였다.

"류지 군과 체키타 씨는, 대체 어떤 관계인 건가요?!"

눈을 꼭 감고 시라가 물었다.

체키타는 싱글싱글 더 깊은 미소를 지으며 말했다.

"시짱~, 안심해. 시짱이 생각하는 그런 관계는 아니니까♡"

라며 체키타는 잘 알 수 없는 소리를 했다.

"그, 그런 건가요?!"

시라가 휴~ 하고 안도의 한숨을 쉬었다.

뭐야? 지금 대화로 둘 사이에는 이야기가 통한다는 건가?

체키타가 킥킥 웃더니,

"하.지.만~♡ 시짱은 어째서 그런 걸 묻는 걸까~?"

다시 시라 옆에 출현해서 그 부드러워 보이는 뺨을 찔렀다.

"아, 아우……."

시라는 얼굴을 새빨갛게 물들이고 몸을 움츠렸다.

"두, 두 분이 사이가 좋아 보였으니까……."

"그럼 어째서, 류와 이 언니가 사이좋게 지내는지 신경 쓰였던 걸까~?"

"그, 그건……."

부비부비, 체키타가 시라의 뺨을 만졌다.

"류~. 시짱은 이 누나와 류가 사이좋게 지내면 신경이 쓰인다네~."

"아우우우우…………."

시라가 지금이라도 사라질 것같이 몸을 움츠렸다. 반쯤 울먹이고 있었다.

"체키타 씨, 그 정도로 해주세요. 친구를 괴롭히지 말아요."

류지가 주의하자 체키타가 사라져서 다시 정면에 출현했다.

"미안해~ 시짱. 누나 러브코메디 파동을 캐치해버리면, 그만 호기심을 억누르지 못하게 되거든. 미안♡"

"하윽…… 괜찮아요……."

조금 전부터 두 사람의 대화를 따라갈 수 없는 류지였다.

한편, 체키타는 팔짱을 끼고 말했다.

"류는 이 언니에게 동생 같은 존재야. 착실한 동생. 그리고 카르마는 못난 여동생 같은 거겠네."

"카르마 씨는 체키타 씨의, 여동생인 건가요?"

시라는 이번에는 카르마와 체키타의 관계가 신경 쓰인 모양이다.

"여동생 격인 존재인 거지. 그 아이는 옛날부터 뭐든 서투른 데다가 착각이 극심해서, 폭주할 때가 있었어. 정말, 못난 여동생처럼 말이지."

하지만…… 하고 체키타가 미소 지으며 시라를 보고 말했다.

"카르마의 그건, 딱히 너희에게 민폐를 끼치려고 생각하고 하는 일들이 아니니까. 뭐든 열심히 하는 것뿐이야. 그 결과가 헛돌아서 그렇게 되어버리는 것뿐이니까, 용서해 주렴."

류지는 이미 다 알고 있는 일이다. 알고 있지만, 하고 류지는 고개를 끄덕였다.

"엄마가 앞으로도 민폐를 끼치리라 생각하지만, 나쁜 마음이 있는 게 아니라는 것만은 알아주면 기쁠 것 같아."

그러자 시라가 킥…… 하고 웃었다.

"류지 군과 체키타 씨, 카르마 씨의 오빠와 언니 같네요!"

그 말을 듣고 류지는 체키타와 얼굴을 마주했다.

둘은 쓴웃음 지었다. 분명히 시라의 말 그대로라는 생각이 들었으니까.

조금 지나, 체키타는 일어서서 말했다.

"그럼 누나, 카르마의 감시 역으로 돌아갈게. 너무 그 아이를 혼자 두면, 삐쳐버리니까."

"네. 저희도 저녁을 먹으면 금방 돌아가겠습니다."

"응. 알았어. 카르마한테 전해둘게."

라고 말하고, 체키타는 그 자리에서 사라진 것이다.

☆　　☆　　☆

체키타가 돌아간 뒤.

류지는 시라와 저녁을 먹으면서 생각에 잠겨 있었다.

"…………."

멍하니 눈앞의 수프를 내려보았다.

"류 히? 헤흐허헤효?"

번뜩, 류지는 얼굴을 들었다.

"아, 아무것도…… 아니야."

거기에는 식사 도중인 시라가 있었다.

부드러운 뺨이 빵빵하게 부풀었다. 우물우물 씹는 그 모습은 마치 어린 소녀 같아서 귀여웠다.

"하흐……!"

시라는 자신의 상태는 깨닫고, 얼굴을 붉혔다.

우물우물우물우물, 하고 고속으로 씹어 삼켰다.

"보, 보기 흉한 꼴을……."

시라는 목까지 새빨갛게 물들이고, 몸이 움츠러들었다. 아무래도 뺨을 가득 채워서 먹고 있던 게 천박했다고 생각한 것이리라.

"보기 흉하지 않아. 시라는 항상 정말 맛있는 듯이 밥을 먹으니까, 보고 있으면 즐거운걸."

"하우우우………………."

취이익………… 하고 시라의 얼굴이 연기가 날 것처럼 붉게 물들었다.

"그, 그런 식으로 말해주는 것은 류지 군이 처음인 거예요…… 좋아."

"조화?"

"아아아, 아무것도 아닌 거예요──!!!"

시라의 토끼 귀가 쫑긋! 하고 섰다. 그 상태로 고개를 저으니까, 마치 새로운 몬스터 같다고 류지는 생각했다.

그건 넘어가고.

"그, 그래서 류지 군은! 무, 무슨 생각을 한 건가요?"

시라가 류지에게 물었다. 참고로 토끼 귀가 아직도 쫑긋 서 있었다.

"보스 몬스터에 관해서 생각했어."

"우리가 도망친, 금강 투구를 말하는 건가요……?"

지하 던전에서 우연이 발견한 보스의 방. 거기서 만난 보스 몬스터에 류지 일행은 전혀 상대도 되지 못했다.

류지는 고개를 끄덕이고 이렇게 말했다.

"시라. 다시 도전해보지 않을래? 이번에는 제대로 준비해서."

지난번에는 아무것도 하지 못하고 끝나 버렸다.

그 원인은 류지 일행의 실력과 준비가 부족했기 때문이다.

그렇다면 이번에는 제대로 준비해서, 보스에 도전해보고 싶다고 류지는 생각한 것이다.

"응! 시라도, 진 채로 있는 것은 싫은 거예요!"

시라가 흥흥! 하고 거칠게 콧바람을 불었다.

류지는 시라가 찬성해 줘서 일단 안도했다.

"준비라니 구체적으로는 어떻게 하는 거예요?"

"일단 퀘스트를 완수하면서, 돈을 벌고, 장비를 충실하게 갖추자. 그 사이에 몬스터와 싸워서 레벨을 올리는 거야."

류지가 그렇게 말하자 시라가 고개를 끄덕끄덕했다.

"왠지 시라~ 파티…… 진짜 모험가 같네요!"

"나도 그렇게 생각해!"

둘의 목소리가 들떴다.

둘 다 모험가를 동경해서 도시까지 올라온 것이다. 비슷한 성향의 인간이었다.

"그렇게 결정했으면, 내일부터 힘내자!"

"파이팅! 인 거예요!"

다음 날 아침.

류지는 모험가 길드의 의뢰를 받아, 퀘스트를 찾아갔다.

장소는 카미나 시에서 꽤 떨어진 남쪽 숲이라고 불리는 대수림이다.

"류 군. 오늘은 어떤 임무인가요?"

엄마가 뒤에 따라오면서 류지에게 물었다.

"반짝 풀, 이라는 약초를 채취하러 온 거야."

해독과 마비 등등, 상태 이상을 회복하는 약의 원료가 되는 아이템인 듯하다.

카미나 주변의 숲에는 자생하지 않아서, 이 남쪽 숲 지역에서만 자란다고 한다.

"반짝 풀이라면 어떤 느낌의 풀인 건가요?"

시라가 고개를 갸웃했다.

"반짝여서 발견하기 쉽다는 것 같은데…… 아, 있어, 찾았어!"

류지는 길 앞에 있는, 나무 밑동에서 푸르스름하게 빛나는 풀을 발견했다.

"내가 약초를 채취할 테니까, 시라는 주위의 경계를 부탁해."

"네~ 예요!"

시라가 지팡이를 들고 착착착~ 하고 주변을 둘러보았다.

참고로 엄마는 "플레이! 플레이! 류~ 군! 힘내라! 힘내라! RYUJI!"라고 치어리더 복장으로 응원했다. 기운을 차려줘서 다행이라고 류지는 한숨을 쉬었다.

류지는 반짝 풀을 채취하면서 어제 일을 떠올렸다.

길드에서 집으로 돌아간 뒤, 유지는 엄마한테 사과하러 갔다.

'엄마, 심한 말을 해서 미안해.'

'아니요. 엄마야말로 류 군에게 심한 말을 해서, 미안해요.'

천공성에 연금한 일을, 카르마는 반성한 모양이다.

'그것은 지나쳤어요. 그래서 엄마, 근신할 거예요.'

'근신이라니?'

'류 군의 모험을 방해하지 않도록, 참을게요!'

라고 소리높여 선언했다.

'가능한 한!'

실패할 느낌만 가득했지만, 그래도 엄마가 과보호 행동을 개선하려고 해준다는 사실이 류지는 기뻤다.

이야기를 되돌려서, 반짝 풀을 채취하는 류지.

순조롭게 퀘스트는 진행되고, 그리고 깨달았다.

"이상해……."

처음에 이상을 깨달은 것을 류지였다.

"어떻게 된 거예요. 류지 군?"

사사삭! 하고 시라가 다가와서 말했다.

"시라. 주변에 몬스터는?"

"어, 아, 느껴지지 않는데요."

토끼 귀를 세우며 시라가 대답했다.

"그렇겠지…… 1시간 전부터 계속. 이상하네."

숲에는 몬스터가 발생하기 쉽다. 그렇기에, 일반인은 숲에 부주의하게 다가가지 않고, 모험가에게 의뢰해서 숲에 들어갈 것을 부탁한다.

그런데, 조금 전부터 몬스터는 한 마리도 만나지 않았다.

"………………."

"엄마?"

침묵하는 엄마를 류지가 봤다.

슥……! 하고 엄마가 시선을 피했다.

"……엄마."

"뭐, 뭔가요?"

카르마는 땀을 줄줄 흘렸다.

류지는 엄마의 얼굴을 빤히 바라보았다.

"엄마, 아무것도 하지 않았답니다. 정말이라고요?"

류지가 아무런 말도 하지 않았는데 카르마는 멋대로 자백했다.

몬스터가 필드에서 부자연스러운 정도로 보이지 않았다.

이것은 과거의 상황과 유사했다.

전에 처음으로 던전에 들어갔을 때, 엄마는 앞서가서 던전을 청소했었다.

그때와 이번은 상황이 비슷했다.

"엄마……."

류지는 슬픈 기분이 들었다. 엄마가 방해하지 않겠다고 약속해준 게, 기뻤는데……. 그러자 카르마는 류지의 표정에 견디기 힘들어졌는지,

"우우, 미안해요, 류 군. 엄마 참으려고 했어요. 정말이라고요?"

글썽거리는 눈으로 류지를 바라보며 죄상을 고백했다.

"참은 거예요. 하지만 류 군이 걱정이라…… 그러니까 조금 청소를 해버렸어요."

"구체적으로는?"

"앞서 와서 송사리 몬스터를 청소하고, 숲에 사는 위험한 동물을 배제하고, 이 숲에 서식하는 주인이라고 하는 지룡을 손봐줬어요."

"조금, 이 아니잖아, 그거⋯⋯."

"미안해요, 류 군! 약속을 지키지 못해서, 미안해요!"

카르마는 우왕하고 울면서, 류지에게 안겨서 사과했다.

"아, 아니야⋯⋯ 신경 쓰지 않아. 엄마는 나를 지키려고 해준걸."

그것은 사실이다. 지금 류지 일행으로는 지룡이라는 녀석한테 전혀 상대가 되지 않으리라는 것은 명백했다.

엄마가 있어 준 덕분에 도움이 되었⋯⋯ 지만. 복잡한 기분이었다.

"괜찮아! 다음이야말로 참을 테니까요!"

☆　　☆　　☆

약초 채집 소동이 있던 다음날.

류지는 카미나 시에서 어제와는 다른 퀘스트를 받았다.

"오늘은 고양이 수색을 할 거야."

카미나의 중앙 광장. 엄마의 상 앞에서.

류지는 시라(와 카르마)에게, 의뢰 내용을 설명했다.

"이 마을에 사는 여자애한테 온 의뢰인데 말이지. 키우던 고양이가 며칠 전부터 행방불명이래."

류지는 길드에서 받은 고양이 그림이 그려진 종이를 시라에게 건넸다.

"작은 검은 고양이 씨. 귀여워라~♡"

"오늘은 이 고양이를 카미나 시에서 찾을 거야."

"있잖아요, 류 군. 마을 밖으로 나갔을 가능성은 없는 건가요?"

"있을지도 몰라. 없어지고 나서 꽤 시일이 지났으니. 하지만 일단 마을 안을 찾아보려고 해."

마을에서 나가지 않았을 가능성도 있으니까. 처음부터 탐색 범위를 넓히는 것보다, 근처부터 찾는 편이 효율이 높다.

"그러나 류 군. 카미나 시는 넓잖아요? 다 찾을 수 있을까요?"

"그러니까 나눠서 찾자."

류지의 제안에 시라가 수긍했다.

"네네! 엄마도 도울게요!"

붕붕! 하고 카르마가 손을 흔들었다.

"일손은 많은 편이 좋잖아요? 의뢰 주는 슬퍼하고 있을 터예요. 빨리 고양이를 발견하는 편이 좋지 않을까요?"

엄마의 말은 지당하다.

"응. 그럼…… 미안한데 엄마. 도와줄 수 있어?"

류지가 엄마에게 말했다. 그럼 카르마는 어쨌느냐면……

"맡겨주세요! 괜찮아요! 엄마가 있으면 고양이 따위 금~방 찾을 수 있으니까요!"

"응…… 고마워. 하지만 너무 소동을 일으키진 말아줘……."

"괜찮아요, 괜찮아! 소동 따위 일으키지 않을 거랍니다."

명랑하게 웃는 엄마와 달리, 격렬한 불안감을 느끼는 류지였다.

그 뒤로 몇 시간 뒤.

중앙 광장에서.

타다닥, 하고 시라가 류지에게 다가왔다.

"시라. 어땠어?"

류지 일행은 사전에 집합 시간과 장소를 결정해 뒀었다.

저녁에 한 번 모이자는 이야기를 해둔 것이다.

"죄송해요. 발견하지 못한 거예요."

죄송하다는 듯이, 시라의 눈초리가 내려갔다.

"아니. 신경 쓰지 마. 나도 마찬가지니까."

아무리 찾아도 고양이는 발견되지 않은 것이다.

"이만큼 찾아도 없는 거 보니, 마을 밖에 있는 걸까요?"

"그러겠지……. 내일 바깥으로 나가볼까?"

라고 말해도 도시 바깥은 넓다. 과연 찾는다고 발견할
수나 있을지…….

그렇게 불안해진 그때였다.

"류 군! 고양이 찾아왔어요!"

멀리서 엄마의 목소리가 들렸다.

광장 입구 쪽이다.

"정말?! 아니, 뭐야아아아아아아아?!"

카르마를 보고 류지는 경악으로 눈을 크게 떴다.

엄마가 가져온 것은…….

"그거, 확연하게 몬스터잖아!!"

몸길이가 2미터 정도 되는, 거대한 고양이…… 아니, 호
랑였다.

"저, 저건 뇌수인데요?! S랭크의 초강력한 몬스터인 거
예요!"

시라 역시 놀라면서 엄마가 데리고 온 몬스터의 해설을
해줬다.

몬스터의 강력함도 랭크가 있다. S는 최고의 강력함이
었다.

엄마는 뇌수를 업어 들고 이쪽으로 다가왔다.

뇌수가 너무 커서 질질…… 끌고 오는 자세다.

엄마가 류지 앞에 오더니 뇌수를 지면에 내려놓았다.

"류 군! 발견했어요!"

칭찬해, 칭찬해! 라는 듯 엄마가 눈을 반짝거리면서 말했다.

"전혀 다른데, 이거?!"

류지는 S랭크 몬스터를 손가락으로 가리키며 말했다.

"그런가요? 이런 거 아닌가요?"

"카, 카르마 씨…… 전혀 닮지 않은 거예요."

시라의 손에 있는 몽타주와 뇌수는 전혀 모습이 달랐다.

"엄마의 입장에서는 비슷한 것으로 보였는데요."

엄마는 류 이외의 모든 것에 흥미를 갖지 않았다. 그러니까 개체 식별이 안 되는 것이다…….

"엄마, 그거 돌려주고 와!"

"네~? 이걸로 괜찮은 거 아닐까요? 그냥 이걸 고양이라고 보고해요."

"이런 걸 가지고 가면 기르던 주인인 여자아이가 울어버릴 텐데?!"

류지가 화를 내자, 카르마는 "넹…………."하며 낙심한 듯 어깨를 축 늘어트렸다.

"아니, 어라? 그 뇌수 어디로 갔지……?"

류지가 주위를 찾았다.

조금 전까지 쓰러져 있었을 텐데…… 라고 생각한 그때였다.

"꺄악————!"

시라의 비명이 광장에 울려 퍼졌다.

"시라?! 아니, 깨어났어?!"

"GURUUUUUUUUU!!!!!"

2미터의 호랑이형 몬스터가 눈을 뜨고, 위협을 하고 있었다.

게다가 몸에서 파직파직파직! 하고 푸르스름한 번개를 뿜는 게 아닌가?

시라는 다리에 힘이 풀려서, 그 자리에서 움직이지 못하고 있었다.

통행인들도 S랭크의 몬스터에 놀라서 공포에 빠졌다.

"크, 큰일이야! 어떻게든 해야!"

류지가 가장 먼저 검을 뽑고 뇌수한테 달려들려고 했다.

하지만 뇌수가 뿜은 뇌격에 류지는 놀라서 그 자리에서 엉덩방아를 찧었다.

"GURUUUUUUUUUU!!!!!"

"우와…… 우와와………."

뇌수가 뿜는 패기에 노출되고 겁을 집어먹어서 그 자리에서 움직이지 못하게 된 류지.

"GURUUU……………."

뇌수가 류지를 록온했다.

아무래도 류지를 먹이로 정한 모양이다.

한 걸음, 한 걸음…… 다가온…… 그때였다.

"우리 아들한테 무슨 용건이라도? 엉?"

류지 앞에 카르마가 서서 가시가 돋친 목소리로 뇌수를 위협했다.

"끼잉, 끼이━━━━잉!!!!"

뇌수는 한심한 울음소리를 내면서 전속력으로 도망쳐갔다.

하늘을 날 듯이, 마치 번개 같은 스피드로 떠나려고 했다.

"류 군. 잠~깐만 기다려봐요."

카르마는 류지를 보고 싱긋 웃었다.

"엄마, 류 군에게 겁을 준 저 빌어먹을 녀석에게 죽음보다도 무서운 꼴을 당하게 해주고 올게요♡"

류지가 막기도 전에, 뇌수를 쫓아 카르마는 엄청난 속도로 달려갔다.

"우오오오오오오! 우리 아들을 울린 죄는 무겁다고, 이 송사리 몬스터가아아아아아아!!!"

다다다다닥! 하고 모래 먼지를 일으키면서 엄마는 빛의 속도로 그 자리를 떠났다.

"……휴."

뒤에 남겨진 류지는 깊은 한숨을 쉬었다.

"전혀 참지 못하고 있잖아, 정말……."

참고로 말하자면, 그 뒤에 고양이는 금방 발견되었다.

뇌수를 쫓아간 엄마가 숲 안에서 발견한 것이다.

아무래도 뇌수는 길을 잃은 고양이를 보호하고 있었던 모양이었다.

엄마한테 치료마법을 걸게 하고, 뇌수는 멀리 있는 숲으로 도망치게 했다.

그렇게 퀘스트는 달성되었지만, 어마어마하게 피곤해진 류지였다.

류지 파티는 카미나 외곽의 필드까지 나갔다.

"와~~~~! 엄청나게 좋은 날씨! 절호의 피크닉 날씨네요!"

가을의 화창한 하늘을 올려보며 카르마가 신바람이 나서 말했다.

그 뒤로 류지, 시라, 그리고 체키타가 따르고 있었다.

"엄마. 피크닉을 온 게 아니야."

"어라 그런 건가요? 그럼 뭘 하러, 이렇게 좋은 날씨에 초원에?"

카르마가 고개를 갸웃했다.

그건…… 이라고 류지가 대답하기 전에.

"그건 말이지 카르마, 류 파티는 레벨을 올리려고 이곳에 온 거야."

처진 눈에 폭유 엘프가 앞질러서 말했다.

"……어째서 당신이 따라온 건가요?"

카르마는 획 바뀌어서, 기분 나쁜 듯이 얼굴을 찌푸렸다.

"그야 감시자인걸. 당신의 행동을 감시하는 것이, 이 언니의 역할이란다."

"당신은 모습을 감추고 감시할 수 있잖아요?"

"자자 좋잖아♡ 가끔은 언니도 카르마와 즐겁게 모험을 하고 싶어."

체키타는 한번 사라졌다 카르마의 바로 뒤에 출현했다.

몰캉, 하고 가슴을 카르마의 등에 밀어붙이면서 꼭 포옹했다.

"덥고 답답하네요. 그 쓸데없는 살덩이를 나한테 들이대지 말아 주세요."

"어머나♡ 뭘 부끄러워하니?"

"부끄러워할 요소가 어디 있나요? 됐으니까 비켜요!"

카르마가 체키타를 뿌리쳤다.

"그리고 체키타. 레벨 올리기라니 무슨 이야기지요?"

카르마가 감시자 엘프에게서 거리를 두고 물었다.

"몬스터를 쓰러트리고 경험치를 얻어서, 자신의 레벨을 올리는 행위를 말하는 거야."

"흠, 그다지 잘 모르겠네요."

"말하자면 수행인 거지. 뭐 최강인 네 처지에서 보면, 애초에 연이 없는 일이겠지만."

"과연, 수행인가요. 그러면 엄마가 나설 차례네요!"

흥흥, 하고 엄마가 콧바람을 거칠게 불었다.

"아들을 강하게 키우는 것도 엄마의 역할! 엄마의 강화 마법이 나설 차례네요! 레벨을 올리는 마법인가요? 아니면 검술이 달인 레벨이 되는 마법을 원하는지?"

카르마가 눈을 빛내면서 말했다.

류지가 필요 없으니까…… 라고 말하려던 그때였다.

"하흡♡"

하고 체키타가 카르마의 귀를 살짝 물었다.

"히야으읏……!!"

카르마가 괴상한 목소리를 냈다.

"당! 신! 은! 뭘 하는 건가요──!!!"

카르마가 【만물파괴】의 번개가 깃든 손을 붕! 하고 휘둘렀다.

번개가 닿기 전에, 체키타가 폴짝하고 가볍게 그것을 피했다.

"왜 그래, 카르마? 얼굴 새빨간데~."

"당신이 이상한 짓을 하니까 그렇잖아요?!"

노발대발한 엄마가 붕붕! 하고 번개가 깃든 손으로 체키타를 때리려고 했다.

하지만 체키타는 나비 같은 움직임으로 살랑살랑 피해 버렸다.

"작은 스킨십이잖아? 진짜로 화낼 일은 아니잖아~?"

"그런 거 필요하지 않다고요! 기다리세요!"

카르마가 체키타를 때리려고 엘프를 따라 앞서 달려갔다.

남겨진 류지는 나지막하게 속삭였다.

"……고마워, 체키타 씨."

아마 카르마가 류지를 방해하지 않도록 서포트해준 것이다.

지난번의, 그리고 지지난번의 퀘스트에서 카르마의 소행을 보고, 그냥 두고 보지 못한 체키타가 서포트에 나서준 것이다.

카르마가 체키타의 상대를 하는 사이에, 류지는 자신의 특훈에 집중할 수 있도록.

"……좋아! 레벨 올리기 힘내자, 시라!"

"와! 인 거예요!"

그렇게 해서, 풋내기 모험가 두 명의 수행이 시작된 것이다.

☆　☆　☆

카미나에서 도보로 30분 정도 떨어진 초원에서,

류지 파티는 슬라임을 상대로 싸우고 있었다.

"이얏!"

어린아이의 몸집 정도 되는 겔 형태의 구슬에 류지가 검을 휘둘렀다.

"삐긋……!!"

슬라임이 두 조각 나고 뒤로는 드롭 아이템이 남겨졌다.

"해냈어! 일격으로 쓰러트릴 수 있게 되었어!"

류지는 검을 검집에 도로 꼽고, 확 표정이 밝아졌다.

"류지 군 대단해요!"

"고마워. 하지만 내가 대단한 게 아니라, 새로운 검이 대단한 거야."

류지가 들고 있는 검은 이전에 사용하던 길드가 지급한 싸구려 검이 아니다.

이것은 류지가 퀘스트에서 번 돈으로 산, 새로운 검이었다.

참고로 방어구, 그리고 시라의 지팡이와 망토도 새로운 것으로 바꾸었다.

류지 파티는 기뻐하는 모습 옆에는 불만스러워하는 드래곤이 한 마리.

"칫…… 저런 싸구려 검보다, 엄마가 만든 검이 더 대단한데…….."

카르마가 뾰로통하니 뺨을 부풀리고 있었다.

"정말 카르마는 이해를 못 하네~. 류가 자신이 산 물건이기에, 의미가 있는 거고, 가치가 있는 거 아니겠어. 이해가 안 돼?"

"전혀 모르겠네요. 엄마 검이 더 강한데…….."

불퉁하니 기분 나빠 보이는 카르마를 체키타가 "자자"라며 다독였다.

"류 군은 우주에서 가장 착한 아이고 무척 좋아하지만, 전혀 어리광부려주지 않으니까……."

아무래도 엄마는 좀 의지해줬으면 하는 모양이다. 하지만 류지는 엄마에게 가능하면 의지하고 싶지 않았다.

류지는 자신의 힘으로 살아갈 수 있게 되었으면 했으니까.

"뭘~ 너 놀아줬으면 하니? 이 언니가 놀아줄까♡"

체키타가 싱글벙글 웃고는 카르마의 등에 찰싹 달라붙었다.

"그런 소리 한마디도 하지 않았어요. 재수 없으니까 끈적끈적하게 붙지 말아 주세요."

"재수 없다니 너무해라~. 언니 슬퍼."

"싱글벙글 웃으면서 무슨 소리 하는 건가요, 이 사람은…… 그러니까 달라붙지 말라고!"

체키타가 카르마와 장난치고 있다. 힐끗 류지를 보고 찡긋 윙크했다.

엄마의 주의를 체키타가 끌어주고 있는 것이다.

그 사이에 류지는 몬스터를 퍽퍽 쓰러트렸다.

"휴…………."

열다섯 마리 쓰러트렸을 때, 류지는 한숨 돌렸다.

"류 군 수고했어요~! 휴식을 취하도록 해요~!"

카르마가 딱, 하고 손가락을 튕겼다.

레저 시트 위에 요리와 음료수 등이 쫙 늘어섰다.

"자자, 이거 전부 류 군 것이랍니다♡ 사양하지 말고 먹어주세요~!"

"우······."

꼬르륵······ 하고 시라의 배에서 소리가 났다.

"시라. 이건."

"엄마, 다 같이 먹자."

"다 같이 사이좋게 먹도록 해요!"

카르마는 손바닥을 뒤집듯이 간단히 의견을 바꾸는 모습이었다.

류지한테는 무지무지 약한 카르마였다(때와 장소에 따라 다르지만).

호화 현란한 요리를, 시라가 엄청난 속도로 먹었다.

류지는 샌드위치를 체키타는 핫도그를 먹었다.

"류~. 레벨은 어느 정도 올랐니?"

"그런 거 묻지 않아도 알잖아요?"

카르마가 체키타를 노려보았지만, 아들을 보고 표정이 확 바뀌어서 미소를 지었다.

"류 군, 100 정도 올랐지요? 아, 아닌가, 1000 정도일까요!"

생글생글 웃는 카르마에게서 류지는 거북한 듯이 눈을

피하더니,

"1…… 이러나."

류지는 주머니에서 길드 카드를 꺼냈다.

여기에 류지의 개인정보가 실려 있다. 물론 레벨도다.

이것은 마법이 부여되어 있으며, 소유주의 레벨을 리얼타임으로 볼 수 있었다.

류지의 레벨은 여기까지 와서 수행을 개시하고 나서 1밖에 오르지 않은 듯했다.

"어머나 대단해. 노력했구나, 류~."

체키타는 미소 지으면서, 류지의 머리를 쓰다듬었다.

기분이 나쁘지 않은 류지는 엄마를 힐끗 봤다.

"……크흡."

한편 카르마는 불만스러워 보였다.

"그렇게 류 군이 노력했는데 1……? 이상해, 너무 이상하잖아요!"

카르마는 일어서더니, 류지를 껴안았다.

"엄마의 소중하고 울트라 특별한 류 군이 이렇게나 열심히 노력했는데 1밖에 오르지 않는다니 이상해요!"

"이상하지 않아. 슬라임 상대로 레벨 올리기를 하는걸. 이 정도야."

체키타의 해설을 들어도 카르마는 납득이 가지 않는 모양이었다.

"류 군은 그런 흔한 범부들과는 달라서 천재라고요! 더 많은 레벨이 올랐을 터! 잘못되었어…… 세계는 잘못되어 있어요!"

쿠콱! 하고 기염을(진짜로) 뿜는 카르마.

"슬라임 정도로는 이 정도밖에 오르지 않는다니까."

"그럼 더 강한 몬스터를 상대하면, 레벨이 오르는 건가요?"

"그야 그렇지. 하지만 류 파티는 아직 실전 경험이 부족해. 갑자기 강한 몬스터와는 싸울 수 없어. 그러니까 슬라임을 상대하고 있는 거잖아. 그렇지, 류?"

체키타가 하고 싶은 말을 대변해줬다. 류지는 고개를 끄덕였다.

"크윽…… 헉! 그렇구나! 알았어요!"

카르마의 얼굴이 반짝 빛났다.

류지도 그리고 체키타도 맹렬하게 안 좋은 예감이 들었다.

"어, 엄마 이상한 짓은."

"엄마 잠깐 어디 다녀올게요!"

"……가버렸어."

엄마는 스킬로 텔레포트하더니 그 자리에서 사라졌다.

그 뒤로 류지 일행은 남겨졌다.

"……무척, 안 좋은 예감이 들어요."

"우연이네 류~. 누나도 그래."

오랫동안 알고 지낸 두 사람은 이 뒤에 기다리고 있는 고생이 쉽게 상상되었다.

"? 류지 군 왜 그래요? 밥 안 먹는 거예요?"

한편 카르마와 만나고 얼마 지나지 않은 시라는 느긋하게 밥을 우물우물 먹고 있었다.

그건 넘어가자.

"……응? 시라, 체키타 씨. 뭔가 들리지 않아?"

류지가 말하자 시라가 귀를 기울였다.

"수많은 뭔가가, 이쪽으로 오고 있는 거예요……."

"수많은?"

"뭔가라니 뭔데~, 시짱?"

류지와 체키타가 고개를 갸웃했다.

시라는 붕붕 고개를 저었다.

"그, 글쎄요……? 그저, 엄청나게 많은 숫자인 거예요."

시라의 표정에 불안의 그림자가 드리워졌다.

류지는 검을 뽑고 경계 태세를 잡았다.

이윽고…….

쿠구구구구구궁…………!!!!!

하고 멀리서 지진이 난 것 같은 소리가 확실히 들렸다.

"뭐, 뭐야?"

"어머나~……. 저건…… 슬라임이네~……."

대량의 슬라임이, 류지 일행을 향해서 달려왔다.

그 숫자는 1~20 정도가 아니었다. 50…… 아니, 100은 될지도 모르겠다.

"우왓, 우왓, 우왓! 수많은 슬라임 씨인 거예요!"

새파란 얼굴로 시라가 외쳤다.

류지의 팔을 잡고 부들부들 떨었다.

"어째서 저렇게 많이……?"

류지가 이마에 땀을 흘리면서 검을 고쳐 쥐고 속삭였다.

조금 전까지 초원에는 슬라임 따위 셀 수 있을 정도밖에 없었는데.

슬라임의 대군이, 무언가한테서 도망치듯이, 일제히 이쪽으로 다가왔다.

"도망친다……?"

설마 싶어서, 슬라임의 대군을 보자…….

【류 군!】

슬라임의 뒤에 거대한 드래곤이 보이는 게 아닌가.

거대한 날개를 펼치고 지면을 아슬아슬하게 활공하면서, 이쪽으로 다가왔다.

【슬라임을 잔뜩 데리고 왔어요~!】

……아무래도 엄마가 사룡이 되어 슬라임들을 이곳까지 '유도'해 온 것 같다.

"뭐야?! 어, 어째서 또?"

"어머나 참, 카르마도 그래. 저래놓고 류의 훈련을 돕는다고 생각하고 있을 거야."

동요로 흔들리는 류지와는 달리, 체키타는 여유로운 듯이 쓴웃음 지었다.

"류의 레벨이 잔뜩 올라가도록, 슬라임을 데리고 온 거겠지, 아마."

과연……하고 이해가 된 류지.

【류 군, 자 잔뜩 있어요! 이만큼 있으면 금방 대영웅이라고요! 자 류 군! 마음껏 박살 내 버려요!】

슬라임이 눈사태처럼 류지 파티에게 몰려왔다.

"와! 어떻게 해요, 류 군!"

시라가 눈물을 글썽이면서, 류지의 몸에 찰싹 달라붙었다.

"하, 하여간 슬라임의 공격력은 낮으니까, 하나씩 쓰러트리자!"

"아, 네!"

……그 뒤로 류지는 몰려오는 슬라임의 파도를 싹둑싹둑 베었다.

몇 시간에 걸쳐 슬라임의 파도를 정리하는 데 성공.

덕분에 레벨은 10이나 올랐지만…… 심신 모두 완전히 지친 류지였다.

슬라임의 대군을 정리한 다음 날. 이번에는 근처의 숲에 방문했다.

"오늘은 무슨 퀘스트야, 류?"

감시자 엘프가 류지를 내려보면서 말했다.

"숲에 출현하는 고블린의 퇴치입니다."

"아…… 우리가 이길 수 있을까……?"

이전에 시라는 고블린에게 습격을 받은 적이 있었다. 그러니까 괜히 더 무서운 것이리라.

"괜찮아. 장비도 새로 갖췄고, 레벨도 10이나 올랐으니까. 분명히 잘 될 거야."

"……응! 그리고! 류지 군이 있으면 괜찮은 거예요!"

시라가 기쁜 말을 해주었다.

지금까지 엄마가 금방 해치워줬었다. 다른 사람이 의지해주는 일을 경험하지 못했었다.

그렇기에 이렇게 시라가 류지를 의지해주는 일이 기뻤다.

"그러면, 숲에 들어갈까?"

"네~!"

류지는 시라와 함께 숲 안으로 발을 디뎠다.

그 뒤에 카르마와 체키타가 따라왔다.

"아니 그보다 어째서 따라오는 거에요? 류 군 일행의 방해가 되니까 돌아가요."

"자자. 그러는 카르마야말로, 류를 방해하면 안 되잖아."

"저는 연중무휴로 류 군을 위하는 일밖에 하지 않아요!"

"후훗, 그러네. 그랬었구나~."

"그 다 알고 있다는 느낌의 표정, 진짜 짜증 나는데요!"

조금 지나 류지 일행은 고블린을 발견했다.

"적 발견! 격멸합니다!"

카르마가 【만물파괴】의 번개를 꺼내려고 했기에,

"자기야~♡ 안 되잖아~. 참으라니까."

"크학! 그러니까 달라붙지 마!"

체키타가 엄마를 막는 사이에 류지는 고블린 앞으로 달려 나갔다.

"아앗! 아들이! 위험한 전투를 하려고 하고 있어! 도와줘야!"

"끼어들지 않아도 돼. 정말, 참을성이 없다니까~."

"당신은 어째서 그렇게 냉정한데요…… 아니 아앗! 위

험해! 상대가 곤봉을 들고 있어! 아————! 류 군이 위험해요————!"

깍깍, 소란스럽기를 몇 분.

류지는 시라와 함께 고블린 앞에서 물러났다.

숲의 입구로 돌아왔다.

"아아아, 류 군 괜찮아요?! 지금 회복마법을 걸 테니까요!"

카르마는 류지에게 최상급의 빛마법(회복마법)을 마구 걸었다.

"안 됐어……."

"네, 예요…… 쓰러트릴 수 없었던 거네요……."

침울한 표정의 류지 파티. 고블린은 예상 이상으로 까다로워서 이길 수 없었다.

"방금 싸움은 어땠어요, 체키타 씨?"

류지가 체키타의 도움을 청했다.

"엄마로서는 백 점 만점…… 아니! 1억 점 만점의 싸움이라 불만 따위 없었답니다!"

어린아이처럼 카르마가 체키타의 앞으로 나와서 말했다.

"엄마는 잠시 조용히 해."

"넵! 입에 지퍼 꾹!"

카르마가 꾹 하고 입에 지퍼를 잠그는 제스처를 했다.

"그리고 체키타 씨. 우리에게 뭐가 부족한 걸까요? 솔직히, 레벨과 장비로는 고블린에게 앞서있다고 생각하는데요……?"

근처에서 체키타가 류지 파티의 전투를 보고 있었다.

엄마는 아무래도 아들의 일이 되면 분별력이 부족해진다.

그렇기에, 객관적인 시점을 가지고 있는 체키타에게 의견을 구한 것이다.

"그러네~…… 싸우는 법이 조금 지나치게 원 패턴이라고 누나는 생각해."

"원 패턴?" "인 건가요?"

고개를 갸웃하는 류지 파티.

"항상 류가 지키고, 시짱이 마법으로 결정타를 날리는 것뿐이지 않아?"

류지는 끄덕였다.

마법을 사용하기 위해서는 기본적으로 시간이 걸린다.

그 사이에 마법사는 무방비라서, 류지가 지킬 필요가 있었다.

"그건 나쁘지 않지만, 가끔 류지가 공격해도 좋다고 봐."

"하지만 제 완력으로 몬스터와 칼로 맞서 싸우는 것은 좀……."

지금 류지의 기량으로는 경상을 입힐 수는 있겠지만, 치명상을 입히는 것은 어렵다.

레벨과 장비를 갖추고 있어도, 전투 경험은 아직 부족한 것이다.

상대의 움직임을 간파하고, 급소에 일격을 넣는 일 따위 불가능했다.

"그러면 마법에 의한 부여를 시짱에게 받는 건 어때?"

"마법에 의한?" "부여?"

"부여 마법이라는 건데, 전투가 벌어지기 전에 류에게 걸어두는 거야."

과연…… 하고 두 사람은 깊이 고개를 끄덕였다.

"하지만 시라, 부여 마법 같은 것은 익히지 못해서 쓸 수 없어요……."

"걱정하지 마, 시라짱. 언니는 몇 개 알고 있으니까 가르쳐줄게♡"

"정말?!"

체키타가 싱긋 웃었다.

"그럼 정말이지~. 좋은 기회니까 다른 마법도 알려줄게. 자 잽싸게 교육할 테니까. 류는 잠깐 카르마의 상대를 해줘."

류지는 고개를 끄덕이고, 카르마 곁으로 갔다.

"엄마, 이제 입에 지퍼는 됐어."

"류 군!"

카르마는 갑자기 류지를 껴안았다.

"류 군하고 말할 수 없어서 쓸쓸했어요! 죽은 줄 알았다니까요!"

엉엉하고 카르마가 울었다.

류지는 미안하다고 사과하고, 엄마랑 같이 대화를 나누었다.

☆　　☆　　☆

1시간 정도 시간이 지난 뒤.

류지는 시라와 함께, 조금 전에 고블린이 있던 장소까지 돌아왔다.

"그럼 시라, 빨리 시험 사격을 해볼까."

"네~ 예요!"

류지 파티는 고블린에게서 조금 떨어진 수풀 속에 있다.

참고로 카르마 일행은 더 멀리 있었다. 곁에 있으면 소란을 일으켜서 고블린에게 발견되어버리기 때문이다(주로 엄마 탓에).

"시라, 힘내."

"에헤헤……♡ 힘내는 거예요!"

시라가 지팡이를 들었다. 눈을 감고, 정신을 집중시켰다.

그 사이에 고블린이 이쪽을 눈치채진 않을지, 류지는 신경을 집중했다.

조금 지나 마법이 완성.

"모여라, 번개. 힘을 부여하라【휘감은 번개】!"

시라가 주문을 영창하자 지팡이 끝에서 자줏빛 번개가 발생.

그것은 류지의 검 그리고 검을 지닌 류지의 팔을 휘감았다.

"어떤가요……? 아프지 않아요?"

시라가 불안한 듯이 물었다. 처음 인간에게 사용했기 때문일 것이다.

"괜찮아. 아무렇지 않아. 그리고…… 꽤 좋은 느낌!"

류지는 가볍게 칼을 휘둘러 보았다.

샤……! 하고 평소보다 빠르게 검을 휘두를 수 있었다.

"휘감은 번개는 무기에 번개를 부여하는 것만이 아니라, 대상의 파워와 스피드도 올려주는 거예요."

"그런 마법이구나…… 이거라면 이길 수 있을 것 같아!"

류지와 시라는 마주 보고 고개를 끄덕였다.

"그럼…… 다녀오겠습니다."

"류지 군, 파이팅!"

류지는 수풀에서 기세 좋게 뛰쳐나갔다.

고블린은 갑자기 나타난 류지에 놀랐다, 그리고…….

"GI……?!"

"모, 몸이 가벼워! 대단해 빨라!"

류지의 속도에 놀란듯했다.

뇌마법은 근육에 작용, 강화해, 그 움직임을 활성화한다.

다리 근육이 강화되어, 류지는 조금 전보다도 기민하게 움직일 수 있었다.

고블린이 당황하는 사이에 등 뒤로 돌아가,

"타앗……!"

류지는 검을 높이 들어 올리고, 붕……! 하고 휘둘렀다.

"GYAGI……!!"

툭…… 하고 고블린이 팔이 떨어졌다. 류지의 검으로 양단할 수 있었던 모양이다.

"해냈어! 이거라면!"

번개를 휘감은 검을, 류지는 고블린의 심장에 찔러넣었다.

파직파직파직파직파직————!!

검에 깃들어 있던 전기가, 고블린의 몸으로 흘러 들어갔다.

한동안 격렬한 소리를 냈지만, 이윽고 번개가 가라앉았다.

검게 탄 고블린이 뒤로 넘어가고, 그 뒤에는 드롭 아이템을 남기고 사라졌다.

"해, 해냈어……."

"해낸 거예요!"

시라가 달려와서 폴짝, 하고 류지의 품에 안겨들었다.

"우와아!"

말캉…… 하고 살짝이긴 해도, 부드러운 가슴의 감촉이 느껴졌다.

"지, 지금 좋은 느낌이었지!"

"그, 그런 거예요!"

허둥지둥, 당황하는 두 사람.

그러자 카르마와 체키타가 류지 파티에게 다가왔다.

"체키타 씨! 어땠어요?!"

"시라는 잘했나요?!"

류지 파티는 체키타에게 달려가서 물었다.

체키타는 상냥하게 미소 지으며, 류지와 시라의 머리를 쓰다듬었다.

"그래♡ 만점이야. 참 잘했어요, 도장 찍어 주고 싶을 정도로♡"

미소 지으면서, 체키타가 류지와 시라의 뺨에 쪽♡ 하고 키스를 했다.

둘은 ""에헤헤♡""하고 웃었다.

그런데 그 한편, 카르마는 조금 떨어진 곳에서 쪼그리고 앉아 있었다.

"⋯⋯⋯⋯⋯⋯⋯⋯."

"엄마? 왜 그래?"

류지가 엄마 곁에 갔다. 카르마가 주눅이 들어 지면을 손가락으로 쿡쿡 찔렀다.

"⋯⋯치사해요. 류 군, 체키타하고만 사이좋게 지내잖아요."

항상 밝은 카르마가 침울해했다. 류지는 고개를 갸웃했다.

"딱히 그렇지도 않은데?"

"그렇다고요~. 휴~~~⋯⋯⋯⋯."

카르마는 쭈그리고 앉은 채로 옆으로 쿵 하고 쓰러졌다.

"최근에 류 군이 엄마랑 놀아주지 않아요⋯⋯. 쓸쓸해⋯⋯."

"엄마⋯⋯ 그게, 저기 말이야. 엄마도, 싸우는 법을 알려주지 않을래?"

그러자 카르마는 옆으로 누운 상태에서 폴짝! 뛰어 일어섰다.

"좋 고 말 고 요 오―――――――!!!!!!"

최고의 미소를 지으며 류지를 껴안았다.

"초절 필살기를 류 군에게 전수해 줄게요!"

카르마는 류지를 포옹하면서 기쁜 듯이 말했다.

"어머어머~, 다행이네~♡ 류, 카르마."

"카르마 씨가 기운을 차려서 다행인 거예요!"

체키타와 시라가 그런 모자를 흐뭇한 눈으로 바라보았다.

"당신들은 먼저 돌아가 주세요. 지금부터 엄마와 아들, 둘만이! 농밀한 시간을 보낼 테니까요!"

"이, 이상한 소리 하지 마……."

체키타와 시라는 고개를 끄덕이고, 한발 먼저 도시로 돌아갔다.

류지는 카르마와 남아, 엄마와 필살기 연습에 힘썼다.

엄마와 체키타에게 싸우는 법을 배우고 나서, 2주일 뒤.

류지와 시라는 지난번 고블린을 쓰러트린 숲으로 찾아왔다.

"이얏! 타앗!"

류지가 검을 휘둘렀다. 상대는 숲에 사는 몬스터, 와일드 베어다.

2미터 정도 되는 거대한 곰 형태의 몬스터였다.

토벌 난이도는 D. 꽤 강했다.

하지만 류지는 몬스터 상대로 한 걸음도 물러서지 않았다.

"GRUUUUUUUUUUUUUUUU!!!!"

베어가 팔을 휘둘렀다. 고속의 타격을 류지는 재빠른 움직임으로 회피했다.

【아들의 화려한 스탭~~~! 엄마는 반해버릴 것 같아요━━━━━━!!!】

……멀리 엄마의 응원?이 들려왔다.

【류 군이 멋지게 공격을 피한 모습, 확실히 녹화했으니까————!】

힐끗 하늘을 올려보았다. 거기에는 하늘에 떠 있는 사룡의 모습이 보였다.

상공에서 녹화하는 편이, 예쁘게 찍힌다는 엄마의 말이었다. 물론 체키타의 책략이다.

류지는 의식을 전환해서, 전투에 집중했다. 베어의 품으로 재빨리 파고들었다.

"GYASHAAAAAAAAA!!!"

베어가 강력한 팔을 휘둘렀다. 하지만 류지는 베어와 비교해서 몸이 작다. 표적이 작아서 맞지 않았다.

팔을 피하고 류지는 검을 휘둘렀다.

"이얏! 타앗……!"

이번에는 시간 벌기다. 쓰러트릴 필요는 없었다.

베어는 팔을 휘두르지만, 아무래도 동작이 컸다. 류지는 전혀 맞지 않는다.

【류 군 지금 최에에에고로 빛나고 있어요! 지금의 류 군 최고로 멋져!】

엄마의 응원은 부끄러웠지만, 이전보다도 멋있다는 말을 듣고 솔직히 기뻐할 수 있었다.

조금은, 엄마에게 성장한 모습을 보여주고 있는 게 아닌가 싶었다.

조금 지나 시라의 마법 준비가 갖춰졌다.

"류지 군! 준비 오케이, 인 거예요!"

"알았어! 일단 물러설 테니까 그 타이밍에 마법을!"

류지는 검의 옆면으로 베어의 공격을 튕겨냈다.

베어가 움츠린 틈에 류지는 그 자리에서 도망쳤다.

"시라! 지금!"

"모여라, 물. 뚫어라【수류탄】!"

시라가 지팡이를 들고 수속성의 마법을 발동시켰다.

대기 중의 물이 응축되어 말 그대로 탄환의 속도로 베어를 향해 날아갔다.

파슝…………!!!!

"GIIII……………………!!!!"

물의 탄환은 멋지게 베어의 급소인 심장을 꿰뚫었다.

휘청…… 하고 거구가 기울어지고, 쿠구궁…… 하고 쓰러졌다.

그 뒤로는 드롭 아이템이 남겨졌다.

"휴…….."

류지는 안도의 한숨을 쉬었다.

"류지 군!"

타다다닥! 하고 달려온 시라와 하이터치를 나누었다.

"해냈네!"

"응!"

짝……!

"아아 류 군! 잘했어요! 임무 수고했어요!"

인간의 모습으로 돌아간 엄마가 하늘에서 내려와 류지를 꼭 껴안았다.

"고, 고마워……."

라고 말했지만, 아직 평범한 몬스터를 쓰러트린 것뿐이라 내심은 복잡했다.

그리고 시라가 있는 곳 앞에서 달라붙지 않아 줬으면 싶다.

"류. 대단하잖아."

"체키타 씨!"

감시자 엘프가 류지 일행에게 미소를 지었다.

"……당신 어느 사이에 튀어나온 거예요?"

"카르마 등 위에 올라가 있었지♡"

"멋대로 타지 말라고요!"

쿠왁~ 하고 포효하는 엄마를 아랑곳하지 않고, 체키타는 계속 말했다.

"D랭크는 안정적으로 쓰러트릴 수 있네. 이 정도면 금강 투구에 도전해봐도 괜찮지 않을까?"

"정말인가요?!"

"그래♡ 장비도 그때와는 수준이 다르게 업그레이드되었고, 시짱과의 연계도 조화가 이뤄지게 되었어. 그리고…… 아직 【비장의 수단】도 남아 있잖니?"

체키타가 카르마 그리고 류지를 보고 즐거운 듯이 윙크했다.

"그럼요! 엄마와의 달콤한 밀월을 통해, 류 군은 남자로서 더욱 성장했다고요!"

"어, 엄마! 이상한 소리 하지 말라니까! 정말!"

밀월이랄까, 특훈이다.

류지는 카르마와의 특훈을 통해 【비장의 수단】을 익힌 것이다.

체키타는 즐거운 듯이 웃더니,

"이 정도면 만전의 상태로 금강 투구와 싸울 수 있다고 봐. 1개월 전의 설욕, 이루고 오도록 해."

"1개월…… 벌써 그렇게 시간이 지났구나."

류지는 의외라는 듯이 속삭였다.

그사이의 기억은 분명히 있지만, 체감적으로는 순식간에 시간이 지난 것 같은 기분이었다.

"충실한 하루하루를 보내고 있어서 그래. 즐거운 나날은 순식간에 지나는 법이니까."

"체키타, 당신 드물게 좋은 말을 하네요!"

카르마는 미소를 지으며 말했다.

"엄마도 류 군과의 하루하루, 매일 울트라 충실하니까, 초특급으로 지나가서 곤란하다니까요!"

에헷♡ 하고 웃으며 엄마가 류지를 껴안았다.

"그러니까 떨어지라니까 정말!"

류지는 쓱 하고 엄마의 품에서 도망쳤다.

엄마가 쫓아오자 체키타가 그것을 막았다.

"만지지 마!"

"싫어~♡"

크학크학 소란스러운 카르마.

"그러면 류~, 언제 투구를 쓰러트리러 갈래?"

"준비는 이미 되어 있어서 내일이라도 던전에 갈까 하고요. 그치, 시라?"

"네~ 예요! 아이템도 잔뜩 샀고, 준비도 만전인 거예요!"

투구한테 지고 나서 류지 일행은 조금씩 준비를 해왔다.

전투 훈련만이 아니라, 비어 있는 시간에 소소한 퀘스트를 여럿 완수했다.

그렇게 번 돈으로 장비와 아이템 같은 것을 충실히 갖춘 것이다.

"우리…… 무척 노력했지."

"네~ 예요! 특히 류지 군은 무척, 무척 노력한 거예요! 훌륭해!"

시라가 짝짝 손뼉을 쳤다.

"그, 그렇지 않아……."

쑥스러운 듯이 류지가 눈을 피했다.

"겸손하지 않아도 돼, 류. 너는 노력했어. 시짱과 카르마가 잠든 뒤에도, 연대를 생각하거나, 자기 단련을 했으니♡"

체키타가 미소 지으며 말했다.

아무래도 체키타에게는 류지가 몰래 노력하던 걸 들킨 모양이다.

"류는 노력했어. 그러니까 내일은 반드시 잘 될 거야."

"그래요!"

카르마가 체키타에게 벗어나서 말했다.

"류 군, 반드시 보스를 쓰러트려요! 돌아오면 축배 준비를 해야죠!"

"그러, 네……."

그렇게 대답하면서 류지는 일말의 불안을 씻지 못했다.

물론 준비 부족에 대한 것은, 아니다.

문제는 눈앞의 최강 과보호 엄마다.

보스에게 도전한다는 것은 당연히 엄마가 따라온다는 것.

이 최강의 드래곤이 따라와서 지금까지 온건하게 일이 진행된 적은 한 번도 없었다.

이번에도 또 뭔가 저지르는 게 아닌지…… 걱정되는 것이다.

"류 군은 왜 그래요? 모모모모, 몸이라도 안 좋은 건가요?!"

엄마가 얼굴이 새파랗게 질려서 최상급의 광마법을 사용하려고 했다.

"아니, 괜찮아. 아무렇지 않아."

류지는 엄마의 모습을 보고 생각을 멈추었다.

엄마를 방해꾼이라도 되는 것처럼 생각하는 것은 좋지 않았다.

엄마는 분명히 주위의 민폐를 끼치지만, 절대 악인은 아니다. 순수하게 아들의 몸을 걱정하는 결과, 폭주해버리는 것이다. 엄마는 나쁘지 않다.

"괜찮아, 분명히 잘될 거야……절대 괜찮아."

자신을 설득하려고 했지만…… 가슴 속의 검은 안개가 걷히는 일은, 없었던 것이다.

☆　☆　☆

다음 날.

류지는 시라, 체키타, 그리고 엄마와 같이 지하 던전으로 들어갔다.

"자 드리어 아들이, 지금 그야말로! 보스 몬스터에 도전하려고 하고 있습니다!"

비디오카메라를 든 카르마가 류지 일행의 모습을 기록했다.

"보스 몬스터에 도전하는 얼굴이 이렇게 늠름하다니! 멋있어! 멋져!"

긴장감 제로인 엄마 옆에서, 류지의 표정은 진지했다.

왜냐면 류지 일행의 목표를 달성하기 위해서 여기 찾아온 거니까.

목표란, 보스 몬스터를 류지 파티의 힘만으로 쓰러트리는 것.

이전에 미궁으로 들어갔을 때, 류지 파티는 보스에게 도전했다.

그러나 전혀 상대도 되지 않았다(그 뒤에 엄마가 잿더미로 만들었는데 재생한 모양이다).

류지 파티는 분했다.

그러니까 반드시 보스를 쓰러트리겠다고, 둘은 결의를 단단히 다졌던 것이다.

그리고 엄마에게 자신이 혼자 해나갈 수 있다는 모습을 보여주고 싶다.

류지는 그것을 위해서 노력해 온 것이다.

조금 지나, 미궁 안으로 도착한 류지 일행.

일종의 광장이 만들어졌으며, 안쪽 벽에는 거대한 문이 있었다.

저 벽의 뒤에는 보스 몬스터【금강 투구】가 있다.

"자 보스의 방 앞까지 왔습니다! 무척 순조로웠네요!"

"······그러네. 고마워 엄마."

그 사이에 몇 번 정도 적 몬스터가 나타났지만.

【류 군 파티의 목표는 보스 퇴치잖아요? 그러면 지금은 거기에만 집중해주세요! 송사리들은 엄마가, 팍팍 청소해 둘 테니까요!】

쿠와아! 하고 드래곤의 브래스를 뿜어서, 출현한 송사리 몹들을 카르마가 소탕해주었다.

분명히 오늘의 메인은 보스 토벌이며, 송사리들과 어울려주고 있을 여유는 없었다.

류지는 어머니의 배려에 감사하는 동시에, 하지만 역시 자신들의 힘만으로 여기 오고 싶었다고 생각했다. ······아직 엄마에게서 자립하지 못하는 자신이 한심했다.

그것은 제쳐놓고.

보스의 방 앞에서 류지는 파트너를 보고 말했다.

"시라, 힘내자. 절차대로 하면 괜찮으니까."

"네! 힘내요!"

와~! 하고 둘이 같이 주먹을 높이 들고 기합을 넣었다.

"둘 다, 평소대로 하면 괜찮으니까. 너무 부담감을 느끼지 않도록 하렴."

체키타가 연장자다운 충고를 해주었다.

카르마가 "전장으로 향하는 아들은 이 얼마나 고귀한가······."라며 울면서 기록을 남기고 있었다.

……엄마는, 끼어들지 않을 터.

오늘도 체키타가 와줬다.

엄마가 끼어들기 전에, 감시자 엘프가 수습해줄 것이다.

그러니까 엄마가 폭주해서 보스를 쓰러트려 버린다는 사태는 벌어지지 않을 것이다.

……그렇다고 해도 류지는 불안했다. 그러나 고민해봐야 소용없다.

이제 여기까지 왔으면 시도해볼 수밖에 없는 거다.

"가자!"

류지는 보스의 방으로 들어가는 거대한 문을 끼이이익…… 하고 열었다.

그 뒤로 시라, 체키타, 그리고 카르마가 따라왔다.

"자~ 아들이 지금! 보스의 방으로 들어갔습니다!"

엄마가 비디오카메라를 향해, 실황 중계를 했다.

"오늘은 이 던전의 보스, 【금강 투구】에게 우리 아들이 도전한다고 합니다! 그 늠름한 모습은 그야말로 대천사! 아아 이제 엄마는 승천해 버릴 것 같아요……!"

긴장감이 부족하네, 라고 생각하면서 방 안으로 들어갔다.

거기 있었던 것은, 올려봐야 할 정도로 거대한 투구벌레다.

몸 전체가 금강석으로 덮여 있었다.

희번뜩, 하고 그 거대하고 검은 눈동자가 류지 파티를 포착했다.

"히익……! 류지 군……."

"괜찮아, 시라. 우리는 강해졌어."

지난번에는 전혀 상대도 되지 않았는데, 이번에는 달라!

"가자 시라!"

"네~ 예요!"

류지에게 격려를 받고 냉정함을 되찾은 시라가, 정신을 집중했다.

이미 류지의 검에는 【휘감은 번개】가 부여되어 있다.

시라가 공격 마법의 준비를 하는 사이에 류지가 금강석의 장갑을 깎아낸다는 작전이다.

"가자! 내가 상대다!"

류지가 투구를 향해 달렸다.

"GIIIIGAAAAAAAAA!!!"

투구가 류지를 발견했다.

짤가닥짤가닥…… 하며 무거워 보이는 금강석의 다리를 움직여, 류지를 향해 걸어왔다.

"좋았어~ 와라! 여기야, 커다란 놈!"

류지는 시라에게서 떨어진 장소에 멈춰 섰다. 허리를 낮추고 검을 들었다.

"GIGAAAAAAAAAAAA!!!"

쿠구구궁, 하고 투구가 이쪽으로 다가왔다.

류지는 기합을 넣었다.

마법을 부여받은 지금의 류지라면, 투구의 돌격을 어떻게든 견딜 수 있다!

투구가 달려들었다.

"야앗……!"

그 뿔에 류지가 검을 휘둘렀다.

검이 뿔과 부딪히려고 한…… 그때였다.

멈칫……!!

"……엉?"

류지는 눈을 의심했다.

투구가, 류지의 검과 격돌하기 전에……멈춰버린 것이다.

"응? 어? 어째서 멈춰…….."

"GI━━━━━━━━━━━━!!!"

그렇게 생각했는데 투구는 뒤로 돌아서, 전력으로 뛰었다.

물론, 류지가 힘으로 날려버린 게 아니다.

시라가 마법을 사용한 것도 아니다.

투구 자신이 검에 격돌하기 전에 멈춰서, 뒤로 뛴 것이다.

"GIGI~~~~~…………………!!"

"투구가 류 군의 방어력에 밀려서 날려가 버렸어! 이렇게 튼튼하다니!"

투구는 격돌해서 벽에 파묻혔다.

"GI……."

투구가 힐끗 엄마를 봤다. 카르마는 아무런 말도 하지 않고 노려봤다.

움찔, 하고 투구는 떨었다.

……겁먹었어? 대체, 뭐에?

"류지 군!"

시라의 목소리에 제정신을 차렸다.

류지는 검을 겨누고 벽에 파묻힌 투구한테 달려들었다.

"GIGI! GI──!"

"저렇게 벽에 파묻힌 투구는 움직이지 못하는군요! 이건 기회! 미증유의 대찬스라고요! 힘내라 류지 군!"

무척 위화감이 있었지만, 분명히 이것은 기회였다.

"타아아아아아앗!!"

류지는 움직이지 않는 투구를 향해, 번개의 검을 휘두르려고 했는데…….

삐끗!

"앗!"

챙그랑!!

"아, 앗차……!"

넘어질 때 류지는 검을 손에서 놓쳤다.

그리고 자신은 자세를 무너트렸다.

이것은 상대에게 반격할 수 있는 절호의 찬스.

"GIGA…………."

힐끗, 하고 투구는 카르마를 봤다.

"…………."

카르마는 말이 없었다. 아무런 말도 하지 않고 투구를 노려보았다.

"GI, GIGI—————!!!"

투구가 버둥버둥 벽에 파묻힌 채로 팔다리를 움직였다.

"투구는 벽에 깊이 파묻힌 모양이야! 이러면 움직일 수가 없어! 한동안 움직일 수 없다고요!"

엄마의 해설이 허망하게 울려 퍼졌다.

류지는 이 상황을 깨달았다.

이 금강 투구, 이전에 엄마에 의해 잿더미가 되었던 보스와 같다. 아마 엄마가 마법으로 부활시킨 것이다.

투구에게는 엄마의 공포가 새겨져 있었다.

엄마의 기분을 상하게 하면, 어떻게 될지를…… 죽음을 통해 그 몸에 새겨진 것이다.

그러니까 투구는 엄마에게 거역하지 못하는 것이다.

"……그게 뭐야, 승부 조작이잖아. 접대 시합이잖아."

류지는 무지막지하게 허망한 기분이 들었다.

"GI, GI…… GIGI……."

벽에 파묻힌 투구가 힐끗힐끗, 이쪽을 봤다.

그것은 마치, 빨리 편하게 해달라고 애원하는 듯했다.

"미안해……."

류지는 떨어진 자기 검을 들었다.

시라의【휘감은 번개】의 효과는 아직 계속되고 있었다.

류지는 벽에 다가가, 투구의 눈에 번개의 검을 찔러 넣었다.

격렬한 전격이, 투구의 눈알에 직격했다.

눈알을 통해 몸 전체에 강렬한 전격이 관통되었다.

이윽고 번개는 멈추고, 투구는 검게 불타버렸다.

"GIGI……. GI…………….."

죽을 때 투구의 모습은 기분 탓인지 평온하게 보였다.

이것으로 공포에서 해방된다…… 라고 말하고 싶은, 죽음 앞에 평안한 표정이었다.

투구는 폭발 사산하고, 그 뒤에 마력 결정이 남았다.

"아들이 보스를 쓰러트렸다아아아아아아아! 축하해요——!!!"

카르마가 폭포 같은 눈물을 흘리면서 류지 곁으로 다가왔다.

……고마워 엄마, 라고 감사의 말을 할 기운이 류지에게는 없었다.

아들이 보스 몬스터를 격파한, 그다음 날.

카르마는 자택 거실에서, 혼자 머리를 감싸 쥐고 있었다.

"이상해…… 어째서일까……?"

"하이~, 카르마. 왜 그래? 고민이 있다면 상담해 줄게."

스륵…… 하고 체키타가 소리도 없이 등 뒤에 나타났다.

이 엘프에게 의지하는 것은 무척이나 거슬렸다.

하지만 그래도, 혼자 고민하는 데 한계를 느낀 참이었다.

카르마는 체키타에게 의자에 앉도록 권했다.

엘프가 카르마의 정면에 앉는 것을 보고 나서, 이야기를 꺼냈다.

"류 군이, 보스를 쓰러트리고 나서 기운이 없어요."

"그러네. 그건 좀, 카르마 네가 잘못한 거야."

"제, 제가 잘못했다…… 고요? 대체 어째서?"

카르마가 당황했다. 또 자신 탓에 류지에게 민폐가 갔을 가능성이 제기되었기 때문이다.

"아, 알려주세요!"

"카르마 진정해. 알았지?"

체키타는 상냥하게 미소 지으면서 카르마의 머리를 쓰다듬었다.

어떤 때라도 흔들리지 않은 이 여자가, 무척 엄마 같아서 카르마는 싫었다. 그것은 자신의 이상이니까.

그리고 체키타가 이렇게 쓰다듬고 있으면 마음이 평온해지는 것은 더더욱 싫었다.

"결론부터 말하자면 카르마, 류는 보스를 자력으로 쓰러트리고 싶었던 거야."

"? 자력으로 쓰러트렸잖아요?"

"그건 자신의 힘이라고는 말할 수 없어. 당신이 노려보고 있었던 탓에, 보스 몬스터는 아들 류에게 전혀 제대로 손을 쓰지 못했잖아."

카르마는 체키타의 말을 제대로 이해할 수 없었다.

"그럼 카르마. 당신이 그때 녹화했던 기록, 한번 같이 볼까?"

둘이 같이 비디오카메라의 영상을 보았다.

보스 몬스터는 완전히 카르마에게 겁먹고 류지 파티와 제대로 맞서지 않았다.

"……정말이네."

지금 본 영상에 카르마가 놀라서 속삭였다.

"……다른 의도는 없었어요. 류 군이 리벤지할 수 있도록 투구를 재생시켰을 뿐인데."

"하지만 투구는 당신의 위협을 뇌리에 새기고 있었어. 그러니까 네가 노려보자 위축된 투구는 힘을 전혀 쓰지 못했던 거겠지."

"……과연, 그랬던 건가요."

카르마는 투구가 약한 게 아니라, 류지가 어마어마하게 강해졌다…… 고 착각하고 있었다. 하지만 실태는 달랐다.

"류 파티는 강해졌어. 투구는 아슬아슬하긴 했겠지만 스스로의 힘만으로 쓰러트릴 수 있었다고 생각해."

"……그것을 내가 방해하고 말았다는 건가요."

카르마의 표정이 가라앉았다.

체키타는 카르마의 머리에 손을 뻗으려고 하다…… 그만두었다.

미소를 풀고, 조금 엄격한 표정으로 말했다.

"그러네. 자각이 없었다고는 해도, 결과적으로 당신을 류 파티의 방해를 했어. 그런 거 절대 시합이잖아. 이겨도 전혀 기쁘지 않아."

체키타의 눈은 평소처럼 보이지만, 사실은 진지한 빛을

띠고 있었다.

그렇다고 딱히 카르마를 탓하려는 것도 아니다.

어린아이에게 어머니가 보내는 듯한……. 그런, 【엄마】의 눈이었다.

"…………아━━━!!!! 나는 바보야아아아아!!!"

카르마는 바깥으로 나가 사룡의 모습으로 변신하더니, 날개를 펼치고 날아올랐다.

달밤에 칠흑의 용이 어마어마한 속도로 날아갔다.

이윽고 아득한 상공에 도착하자,

【나는 진짜 바보야아아아아아아아아아아!!!】

쿠오오오오오오오오오오오오오오오오오오오오오!!!!

하고 입에서 강렬한 브레스를 뿜었다.

일직선으로 날아간 파괴의 빛은 그대로 아득한 저편으로 날아갔다.

다 외친 카르마는 변신을 풀고 지상으로 돌아왔다.

인간의 모습으로 돌아온 카르마에게 체키타가 다가갔다.

카르마는 체키타의 옆을 지나가, 곧게 전진했다. 그 눈에 망설임은 없었다.

"앞으로 어떻게 하려고?"

라고 체키타가 등 뒤에서 상냥한 음성으로 물었다.

"뻔하지요. 움직이는 거예요. 아들을 위해서 말이에요."

결연하게 카르마가 그렇게 대답했다.

"응, 괜찮아 보이네. 아들을 위해서 열심히 움직이는 네 모습, 이 언니는 좋아해."

체키타가 실로 기쁜 듯이, 카르마의 등에 말을 걸었다.

"흥! 당신에게 칭찬을 받아도 조~~~~~금도 기쁘지 않다고요!"

"어머나 벌써 회복되었니? 조금 더 침울해도 좋았을 텐데."

"아들이 우울해하는데, 엄마가 언제까지 낙심하고 있을 리가 없잖아요."

카르마는 걸음을 멈추지 않았다.

앞을 보고 걷기 시작했다.

그리고 카르마는 류지의 방에 도착했다.

"류 군!!!"

쾅!! 하고 류지의 방문을 열었다.

"어, 엄마?!"

침대에 누워 있던 아들이, 벌떡……! 하고 일어났다.

카르마는 류지에게 다가가 아들의 손을 잡았다.

"자! 가요!"

☆　☆　☆

엄마에게 보스 토벌을 방해받은 그 날밤.

우울해진 류지에게 엄마가 찾아왔다.

"가요!"

"간다니…… 어디에?"

"그런 거 뻔하잖아요!"

카르마는 류지의 손을 당기며 성큼성큼…… 방을 나갔다.

그리고 류지를 일단 그 자리에 남기더니, 엄마는 옆방으로 들어갔다.

"실례할게요!"

와그작……!

"자연스럽게 문을 파괴하고 방으로 들어가지 말라고!"

엄마가 들어간 곳은 옆, 즉 시라의 방이었다.

조금 지나 카르마가 시라를 데리고 류지의 앞으로 왔다.

"아우우…… 지금, 몇 시…….."

시라는 잠옷을 입고 있었다.

머리에는 귀여운 삼각형의 나이트캡을 뒤집어쓰고 있다.

"일어나세요, 시라. 모험의 시간이에요."

"모험~……?"

꾸벅꾸벅 조는 시라에게 "일어나세요"라며 카르마가 【만물파괴】의 번개를 발동했다.

"어?"

파직파직파직……!

하고 시라의 잠옷만이 엄마의 스킬에 의해 파괴되었다.

잠옷만 파괴되어 시라는 서 있는 채로 속옷 차림이 되었다.

"잠깐?!"

류지는 얼굴을 새빨갛게 물들이고 눈을 피했다.

……하얗고 귀여운 속옷이었다. 아니 그래서 뭐. 격렬하게 고개를 저었다.

"어라~……? 카르마 씨? 류지 군?"

깜빡…… 하고 시라가 지금의 충격으로 눈을 떴다.

"다들 이렇게 밤늦게 어떻게 된 거예요?"

어, 하고 시라가 고개를 갸웃했다.

"시라. 류 군. 갈 거예요."

"그러니까 간다니 어디에……?"

엄마와 눈이 마주쳤다.

그 눈은 어린아이처럼 반짝반짝 빛났다.

"잠깐 몇 시간 전의 세계에 말이에요."

…………응? 으응?

"어, 지금 뭐라고?"

"다시 들을 시간은 없어요! 가요오오오오오!"

카르마는 【만물창조】 스킬을 발동했다.

"하아아아아아아아아앗!!!"

카르마의 눈앞에 어마어마한 양의 마력이 집중되었다.

막대한 마력은 이윽고 하나의 나이프가 되었다.

"좋았어! 완성했어요!"

카르마는 나이프를 손에 들고 고개를 끄덕거렸다.

"엄마, 그건?"

"이것은 시간과 공간을 오갈 수 있는 마법의 나이프예요."

"시간……? 공간…… 어, 뭐?"

엄마의 말을 제대로 이해할 수가 없었다.

"설명은 나중에! 나이프여! 나의 힘을! 으랴아아아아아아아!!"

카르마는 마법의 나이프를 들어 올리더니 아무것도 없는 공간을 향해 휘둘렀다.

아무것도 없는 곳에 나이프를 휘두른다고 뭔가 베어질 리도 없다.

……그렇게 생각했는데.

쫘악……! 하고 아무것도 없는 【공간】이 【베였던】 것이다.

"헉? 뭐야아아앗?!"

엄마가 나이프로 그은 공간이 찢겨나갔다.

꾸불텅꾸불텅…… 하고 그 갈라진 사이에서 수수께끼의

공간이 엿보였다.

"자 이건 장비품 일식. 자자 제대로 들었지요? 렛츠 고!"

"잠깐 엄마?!"

부웅…… 하고 부유감과도 비슷한 감각에 류지는 휩싸였다.

그리고……그 감각은 갑자기 중단되었다.

"…………이곳, 은?"

류지는 눈을 뜨고 주변을 둘러보았다.

잘 아는 장소였다.

"여기, 그 던전 속이잖아!"

그렇다……금강 투구의 던전, 그 보스의 방 앞이었다.

"텔레포트를 사용했어?"

류지의 질문에 카르마는 고개를 저었다.

"사용하지 않았어요. 전이는 어디까지나 공간을 이동하는 것뿐이에요."

엄마가 이상한 소리를 한…… 것은 평소와 마찬가지지만, 또 이상한 소리를 했다.

"우리는 시공을 뛰어넘어, 몇 시간 전으로 돌아온 거예요."

멍~ 하고 류지가 넋을 잃었다.

"몇 시간 전으로…… 돌아왔어?"

"그래요. 흔히 말하는 타임 트레블인 거예요."

……이제, 뭐가 뭔지, 류지는 그 자리에 주저앉았다.

"저기, 그게 있잖아요, 카르마 씨?"

시라가 손을 들고 엄마에게 물었다.

"어째서, 몇 시간 전의 세계에, 돌아온 건가요?"

분명히 그렇다고 류지도 동조했다.

"간단하죠. 둘이 다시 던전 보스를 쓰러트리도록 하기 위해서예요."

카르마는 보스의 방 앞에 서서, 류지 파티를 보고 말했다.

……그 눈은, 진지했다.

"엄마는 알았어요. 조금 전의 보스전, 그것을 내가 방해 했다는 사실을."

분명히 엄마가 노려본 탓에 겁을 집어먹은 보스 몬스터 가 그 아들에게 접대했다.

결과, 보스를 무지무지 편하게 쓰러트렸지만…….

"미안해요. 그래서는, 아무래도 이겼다는 마음이 들지 않겠지요."

추욱, 하고 카르마가 어깨를 늘어트렸다.

하지만 다음 순간에 진지한 표정으로 카르마가 류지를 봤다.

"그러니까 몇 시간 전의 세계로 찾아왔습니다. 이 문 뒤에는 금강 투구가 있어요."

"…………."

어째서 그런 짓을, 이라고 말하려다가 깨달았다.

엄마는 사과하는 것이다.

"엄마가 방해해버렸던 보스전을, 처음부터 다시 해줬으면 해요."

카르마는 눈을 내리깔며, 류지에게 말했다.

"류 군, 미안해요. 당신을 방해할 마음은 없었어요. 말로 사과하는 것보다, 이렇게 행동으로 성의를 나타내는 편이 좋다고 생각해서, 과거로 뛰어넘어온 것뿐이에요."

엄마는 딱히 악의가 있어서 그렇게 행동한 게 아니었다.

그런 것…… 알고 있다. 엄마의 행동은, 결과적으로 모두, 아들을 위해서였다.

아들을 위해서 지나친 행동을 해버리는 것이지, 나서서 아들을 방해하고 싶다는 마음은 딱히 조금도 없었다.

그런 것은 알고 있었다. 엄마의 행동에 담긴 애정은 제대로 전해졌다.

"파이팅, 류 군! 엄마, 바깥에서 응원하고 있을게요!"

"엄마…… 고마워. 여기서 우리의 귀환을 기다려줘."

류지는 카르마에게 다가가 살포시 엄마의 몸을 껴안았다.

시라가 보고 있다는 쑥스러움보다, 엄마에게 감사하는 마음이 더 컸다.

류지는 포옹을 풀었다.

"다녀오겠습니다!!"

카르마와 떨어져, 류지는 등을 돌렸다.

시라를 이끌고 던전 보스가 있는 방문을…… 지났다.

"~~~~~~~~~! 다녀오세요! 귀환을 기다리고 있을 테니까요————!"

카르마가 커다란 눈물 방울이 맺힌 채로 최고의 미소로 아들을 배웅했다.

류지는 힘있게 끄덕이고 앞으로 걸어갔다.

보스를 쓰러트리고, 이기고 돌아오겠어.

살아서, 돌아와서, 다녀왔다고 말하겠어. 류지는 그렇게 결의하고,

던전 보스의 앞으로, 설욕전을 벌이기 위해, 다가갔던 것이다.

그것은 류지가 보스에게 도전하기 2주일 전의 일.

류지는 카르마와 함께, 초원에서 수행했다.

'그러니까 말이지요, 요렇게 해서 이렇게…… 콰쾅! 이에요.'

검을 든 카르마가 류지 앞에서 기술을 선보였다.

쿠콰과와아아아아아아아아아아앙……………!!!

카르마의 검에서 충격파가 발생하고, 주위 일대의 초원을 헐벗게 했다.

'이것이야말로 엄마의 직전 필살기! 류 군을 위해서 고안한 오의예요.'

우훗~ 하고 득의양양한 엄마.

'저기…… 이렇게?'

횡!

'아니에요. 이렇게!'

쿠콰과와아아아아아아아아아아아아아앙!!!!

……같은 순서로 휘둘렀을 텐데 카르마가 한 것처럼은

할 수 없었다.

'…………'

류지는 고개를 숙여버렸다.

그것을 본 카르마가 허둥지둥 류지를 껴안았다.

'울지 말아요, 류 군. 인간, 원래 잘하는 것과 못하는 게 있는 법이랍니다. 이것을 할 수 없다고 해서 울 필요는 없어요.'

착하지, 착하지~ 하고 카르마가 류지의 머리를 쓰다듬었다.

카르마의 달콤한 피부의 향기와 따뜻한 몸을 가까이 대하고 느꼈다.

이렇게 안겨 있으면 언제까지고 엄마의 품 안에 이러고 있고 싶다는 기분이 피어올랐다.

……하지만 그것도 잠깐의 일이었다.

'…………'

꾹, 하고 류지는 아랫입술을 깨물었다. 그것은 부끄럽다는 이유가 아니다.

까놓고 말하자면, 분했기 때문이다.

카르마에게 류지는 아직도 손이 많이 가는 어린아이. 어쩌면 갓난아기라고 생각하고 있을지도 모른다.

언제까지고 자신이 옆에서 돌봐줘야 하는 연약한 존재라고 생각하고 있다.

……그것은 류지에게는 무척 싫은 일이었다.

류지는 카르마를 올려보았다.

거기 상냥한 카르마의 미소가 있었다.

어린 시절부터, 변함없이 자신에게 보내주는 미소.

하지만 15년 동안 계속 같다는 사실이 류지에게 참을 수 없이 답답했다.

'왜 그래요, 류 군? 조금 피곤한가요? 돌아갈까요?'

'……아니야, 괜찮아.'

류지는 카르마에게 벗어났다.

붕! 붕! 하고 검을 휘두르면서 생각했다.

분명히 카르마가 아들의 곁에 계속 머물려고 하는 것은, 류지가 약한 존재라고 생각하기 때문이다.

자신이 없으면 살아갈 수 없는 약하고 작은 아이라고 생각하고 있기 때문이다.

엄마가 과보호하는 동기의 근원은 궁극적으로 류지의 약함에 있었다.

자신이 언제까지고 약하니까.

그러니까 엄마는 언제까지고 안심할 수 없는 것이다.

아들이 혼자 살아갈 수 있을 정도로 강해지지 않으면 엄마는 류지의 곁을 벗어날 수 없다.

다른 사람은 카르마의 과보호만을 탓하지만, 류지에게 그것은 잘못이었다.

카르마가 잘못하는 게 아니다.

류지가 약한 것이 문제다.

항상 마음 한구석에서 만능인 엄마가 도와줄 것이라고 생각하고 만다. 곤란했을 때, 엄마가 곁에서 도와준다…… 라고 엄마를 의지하고 마는 자신이 어딘가에 있었다.

……그런 약함을 류지는 불식할 수 없었다.

약한 자신을 극복하고 강해져서, 엄마를 안심시켜주고 싶었다.

……그러니까 류지는 보스 몬스터를 자신의 힘으로 쓰러트리고 싶었던 것이다.

'엄마, 나, 노력할게…….'

류지는 몇 번이고 몇 번이고 검을 휘둘렀다.

그렇게 수련을 쌓은 뒤에 승리를 쟁취해서 그것을 엄마에게 보여주고…… 안심시켜주고 싶은 것이다.

이제 혼자 걸어갈 수 있다고. 그러니까 당신은 이제 걱정하지 않아도 된다고.

고난을 자신의 힘으로 타파하고…… 증명해 보이고 싶었던 것이다.

☆　☆　☆

보스의 방에 들어간 류지는 시라와 협력해서 금강 투구와의 전투를 벌였다.

"GIGAAAAAAAAAAAA!!!"

투구는 지난번과 달리, 아무것도 두려워하지 않고 류지에게 덤벼들었다.

그때는 엄마가 있던 탓에 투구는 겁을 집어먹었다. 그러나 지금은 카르마가 없다.

그러니까 투구는 부담 없이 침입자인 류지 파티를 공격한 것이다.

"GIGAAAAAAAAAA!"

"큭······!"

투구가 류지에게 돌격해 왔다.

류지는 그것을 피했지만, 투구의 뿔이 옆구리를 스쳤다.

날카로운 통증이 일어났다.

"류지 군!"

"괜찮으니까! 시라는 마법에 집중해줘!"

시라는 떨어진 장소에서 결정타를 날리기 위해서 마법의 준비를 했다.

류지는 그 사이에 미끼가 되어 투구를 붙잡아 두는 역할이었다.

허리의 파우치에서 회복 아이템을 꺼냈다.

그것을 마시자 아픔이 완화되었다.

류지는 검을 겨누고 투구를 똑바로 바라보았다.

"타아아아아아앗!"

류지의 검에는 시라의 번개가 부여되어 있었다.

재빠른 움직임으로 투구의 품으로 들어간 뒤에 뛰어올라 안면에 일격을 날렸다.

카아아아아아아아아아앙!!!!!!!

"제길! 단단해!"

류지는 지면에 착지하더니 백스탭으로 투구의 반격을 회피했다.

금각 투구의 몸 표면은 단단한 금강석으로 덮여 있었다.

류지의 검과 몸은 마법으로 강화되었다고는 해도 일격을 날리기에는 역부족이었다.

그렇기에 시라의 마법이 열쇠가 된다.

시라의 마법 준비가 방해받으면 거기서 끝이다.

"지지…… 않을 거야!"

류지는 달렸다.

멈추지 않고 방 안을 종횡무진으로 달렸다.

투구가 다가오면 검으로 데미지를 주고, 다시 도망쳤다.

도망친다. 도망친다. 마구 도망친다.

다른 사람이 본다면, 정말 한심한 전투 방식이라고 비웃을 것이다.

하지만…….

──파이팅, 류 군! 엄마, 바깥에서 응원하고 있을게요!

뇌리에 엄마의 말이 스쳤다. 카르마의 미소가 류지를 분발하게 해줬다.

힐끗, 하고 류지는 보스의 방 입구를 봤다.

문이 꽉 닫혀 있다.

저 뒤에 류지를 믿고 기다리는 엄마가 있다.

……분명히, 정말 무척이나, 류지의 곁으로 달려가고 싶다고 생각하고 있을 테지.

아들을 위험한 상황에 빠트리고 싶지 않다고 고뇌하고 있겠지.

……그래도 엄마는 믿어준다. 기다려 준다.

……그 사실이 있다면 류지는 힘을 낼 수 있다.

얼굴도 모르는 누군가가 비웃는다고 해도 좋다. 엄마가 미소 지어 준다면.

아들이 돌아올 때 어서 오렴, 하고 미소로 맞이해 준다면.

"야아아아아아아아아아앗!!"

그것만으로 충분히 노력할 수 있다.

류지는 한동안 작은 데미지를 투구에게 계속 주었다.

투구의 체력은 조금씩이지만, 점점 깎여 나가고 있을 것이다.

하지만 치명상을 입히려면 멀고도 멀었다. 결정타는 있다. 그것을 제대로 날리기만 하면…….

【오의】를 사용하는 선택지도 있었다.

하지만 그것은 체력을 모두 다 사용해서 움직일 수 없게 되니까, 가능하다면 사용하고 싶지 않다.

어쩌지…… 라고 생각한 그때였다.

"류지 군! 마법 준비가 다 되었어요!"

"좋아! 이걸로 결정 짓자!"

류지는 투구의 앞다리 바로 앞까지 다가갔다.

"이야아아아아아아아아아!!!"

모든 힘을 다 담고, 힘껏 검을 휘둘렀다.

까아아아아아아아아아아앙!!!

투구의 다리를 절단할 수는 없었다. 하지만 밸런스를 무너트리는 정도라면 할 수 있다.

"이대로 쏴!"

마술사 소녀는 고개를 끄덕였다.

"【수류탄】, 5연격!"

시라의 지팡이 끝에서 물의 탄환이 발사되었다.

그 숫자는 다섯. 숫자가 많은 만큼, 모으는 데 시간이 걸렸던 것이다.

물의 탄환은 투구의 안면에 명중했다. 그리고 얼굴이 푹 젖었다.

"GI…………?"

그래서? 라고 말하고 싶은 표정의 투구.

그렇다, 물의 탄환으로는 투구의 단단한 금강석 몸을 꿰뚫을 수 없었다.

"GIGI……."

투구가 히죽 웃었다…… 는 기분이 들었다. 필살의 마법이 통하지 않았기에 류지 파티가 절망하고 있으리라고 생각했던 것일까?

"먹어라!"

류지는 검을 들어 올렸다.

그 검에는 시라가 【휘감은 번개】를 부여해뒀다.

"GIGI……!!!"

투구의 눈이 경악으로 크게 벌어졌다.

지금의 투구는 수류탄에 의해 푹 젖어 있다. 거기에 전기가 통하면…….

"세이야아아아아아아아아앗!"

류지는 번개를 띤 검을 투구의 눈을 노리고 던졌다.

검은 투구의 오른쪽 눈에 명중하더니…….

파지직파지직파지직파지직파지지지지지직!!!!!!!!!!

그곳을 기점으로 투구의 몸 전체에 번개가 폭발했다.

"GI—————————!!!!"

투구의 비명이 보스의 방에 울려 퍼졌다.

물에 젖은 몸에 번개는 효과가 절대적이었다. 금강석의 몸을 꿰뚫어 부술 수 없다면, 전기를 통하게 해서 쓰러트리면 된다. 그게 류지가 고안한 작전이었다.

취이이이익……………………………….

정신을 차리고 보니 투구의 몸은 새카맣게 그을렸다.

"……해치웠나?"

류지는 눈앞에 쓰러진 투구를 보고 나지막하게 속삭였다.

완전히 움직이지 않게 된 투구.

자신들의 작전은 멋지게 적중했다.

"해냈어…… 우리의 승리야. 해냈다고! 해냈어, 시라!"

라고 기뻐한…… 그때였다.

"! 류지 군!!! 뒤!"

"어………………."

돌아보니 금강 투구가 다시 일어나 있었다.

"말도 안 돼……효, 효과가 없었나……?"

류지는 멍하니 말했다.

전력으로 싸웠다. 작전도 제대로 통했다. 완전히 승리했다…… 고 생각했는데.

"류지 군! 도망쳐요!"

시라의 경고를 들었다.

투구가 앞다리를 들어 올렸다.

"아…… 아……."

류지는 도망치려고 했다.

하지만 다리가 위축되어서 움직이지 않았다…….

"엄, ……." 라고 말하려다가 류지는 침묵했다.

여기서 엄마의 이름을 부르면, 안된다고 생각했기 때문이다.

왜냐면 나는.

그러나 그사이에 투구는 앞다리를 들어 올리더니.

"GIGAAAAAAAAAAAAAAAAAA!!!!"

부웅! 하고 류지를 향해 내리쳤다.

……그 뒤의 일은, 기억하지 못하고 있다.

격렬한 통증에 류지는 기절했으니까.

☆　☆　☆

한편 그 무렵, 카르마는 어쩌고 있었냐면.

방 바깥에서 아들의 귀환을 기다렸다.

쿠오오오오오오오오오오오오……………………옹.

"류지 군?!"

카르마는 조금 전부터 눈을 감고 필사적으로 아들의 무

사를 기원했다.

하지만 소리가 들리는 순간 눈을 뜨더니 카르마는 보스의 방 바로 앞까지 다가갔다.

"류 군! 무슨 일이 있었어요?! 류 군! 류 군?!"

카르마는 필사적으로 외쳤다.

보스의 방은 문이 두껍다. 분명히 안까지 목소리가 들리지 않을 것이다. 내부 상황도 알 수가 없다.

"류 군의 몸에 무슨 일이 있는 거야! 분명히 그래!"

물론 카르마는 전이 스킬을 사용하면 안에 들어갈 수 있다(보스의 방은 안에 도전자가 있을 때는 열리지 않는 구조로 되어 있다).

보스의 방 문을 완력으로 박살 내는 것도 가능하다.

"기다려요, 류 군! 지금 바로 엄마가……!!!"

카르마의 손에 【만물파괴】의 번개가 깃들었다. 이걸로 만지면 문은 파괴된다.

그리고 사랑하는 아들의 위기에 달려갈 수가 있다.

"엄마가, 지금 바로……!!!"

번개가 깃든 오른손을.

카르마는…….

──멈칫!

"…………."

카르마의 머릿속에는 지금 두 종류의 마음이 맞부딪히고 있었다.

하나는 아들을 돕고 싶은 기분.

그리고 또 하나는…… 아들을 믿고 기다리고 싶다는 기분.

"…………."

카르마는 꼬오오오오오옥, 하고 주먹이 새하얗게 변할 때까지 움켜쥐었다.

조금 전의 파괴음.

그것이 혹시, 보스 몬스터에 의한 공격 소리고 아들이 위험에 노출되었다고 한다면.

지금 바로 이 문을 때려 부수고 류지의 곁으로 달려가 주고 싶다.

지키고 싶다. 그도 그럴 것이 사랑하는 외아들이다.

고독했던 자신을 구원해준 상냥한 아들이다.

카르마는 류지가 정말 좋았다.

이 세계에 존재하는 무엇보다 누구보다, 카르마는 류지를 사랑했다.

사랑하는 아들이 위험에 빠졌다면 도우러 가는 게 당연하다.

그도 그럴 게 아들은 약하니까.

약한 인간이니까. 인간은 약하니까.

그러니까……엄마가 지켜줘야만 하는 것이다.

……하지만.

"류 군……."

──여기서 우리의 귀환을 기다려줘.

보스의 방에 들어가기 직전, 류지가 카르마에게 한 말이다.

아들의 귀환을 믿고, 아들의 무사를 믿고, 기다린다.

지금까지 카르마는 할 수 없는 일이었다.

그것은 정말 간단히 말하자면, 류지의 힘을 신용하지 않기 때문이었다.

류지는 약하니까 엄마가 지켜줘야만 한다.

귀가를 믿고 기다리는 사이에 아들이 위험한 꼴을 당해 버릴지도 모르니까.

……하지만, 안되는 거다.

그 때문에 카르마는 큰 실패를 범했다.

카르마가 중뿔나게 나서고, 아들의 귀환을 믿고 기다리지 못한 결과, 류지에게 승리의 기쁨을 빼앗고 말았다.

……그렇다. 류지는 노력했다.

"힘내……."

이날을 위해 필사적으로 노력했다.

"힘내…… 류 군."

수수하지만, 힘든 퀘스트를 완수하고, 돈을 모으고, 장비를 갖췄다.

단조로운 레벨 올리기 작업도 싫어하지 않고 성실하게 해나갔다.

밤늦게까지 전략을 짰다. 거기다 전투 훈련을 시켜달라고 말했었다.

무척, 무척…… 노력한 것이다.

"힘내…… 류 군!"

……어째서, 카르마는 믿지 못한 걸까?

이렇게 노력하는 아들에게 약하다니, 지켜줘야 한다니.

그것은 류지의 노력을 더럽히는 행위라는 것을 어째서 깨닫지 못했던 걸까?

"힘내요! 힘내요, 류 군!"

류지는 열심히 강해지려고 노력했다.

그렇다면, 엄마가 해야 할 일은 하나다.

주제넘게 나서는 게 아니다. 엄마가 지켜주는 게 아니다.

노력한 아들에게 행위가 아닌 말로서 그 등을 그저 살며시 밀어주면 된다.

그렇게 믿고 귀환을 기다리는 것이다.

카르마는 사룡으로 변신했다.

【스으으으읍………………………….】

크게, 숨을 들이마시고.

【힘내라————————! 류 구————————운!!!!】

"……엄, 마."

류지는 눈을 떴다.

지금 엄마의 목소리가 들린 기분이 들었다.

"……우윽."

지끈하고 머리가 아프다. 몸이 삐걱거렸다.

머리에 손을 대자, 미끈거리는 감촉이 있었다.

자신의 손을 봤다. 피가 듬뿍 묻어 있는 게 아닌가?

"히익……!"

류지는 비명을 질렀다. 혈색이 빠지고, 그 자리에 쓰러질 뻔했다.

"GIGAAAAAAAAAAAAAAAAAAAAAAAAAAA!!!!!"

금강 투구가 고함을 질렀다.

발소리를 내면서, 이쪽으로 다가왔다.

분명히, 먹이인 자신을 먹으려고 하는 것이다.

……여기서, 내가 죽어? 류지가 포기할 뻔한, 그때였다.

【힘내라 류 군! 지지 마아아아아아아아아아아아아!!!!】

……카르마의 목소리가 분명히 전달되었다.

방이 떨릴 정도의 엄청난 음량이다.

……엄마가 아들의 위기를 앞에 두고 응원하고 있어?

그것은 있을 수 없는 일이었다.

그도 그럴 게 엄마는 류지가 뭔가 위험한 꼴을 당하기 전에, 누구보다도 빨리 달려오니까.

류지가 노력하기 전에 엄마가 전부 해결해 버린다.

그러니까 응원 따위 할 리가 없다. 그렇게 생각했다.

【힘내라! 힘내라! 엄마는 돌아오는 걸, 여기서 기다리고 있으니까━━━!】

"……엄마."

류지의 목소리는 환희로 떨렸다.

카르마는 아들이 위험한 꼴을 당한다는 사실을 알고 있다.

그런데도 믿고 기다려 주고 있다.

기뻤다.

지금까지 엄마는 류지를 항상 지켜주었다.

하지만 그것은 류지의 힘을 믿지 않기 때문이다.

류지가 약한 존재라고 생각하니까, 카르마가 출동하는 것이다.

그러나 그런 엄마가 아무것도 하지 않고, 믿고 기다려 준다.

류지의 귀환을, 힘을, 노력을, 믿어주고 있다.

……그것이 류지는 참을 수 없이 기뻤다.

"……엄마, 나는."

류지가 일어섰다.

비틀거린다. 이제 일어날 기력은 없을 텐데…….

【힘내라―――! 류 구―――――――운!】

……엄마의 말이, 엄마가 믿고 기다려 준다는 사실이.

류지를 분발하게 하는 것이다.

"……헉, 헉, 이제, 이걸로…… 결정지을 수밖에, 없어."

하지만 그래도, 싸울 체력 따위 거의 남아 있지 않다.

이 일격으로 결정지을 수밖에 없다.

류지는 봤다.

자신의 곁에 애용하는 검이 떨어져 있다.

분명히 류지가 날려갔을 때, 같이 날아온 것이다.

이런 행운이라니. 이 기회를 놓칠 수는 없지!

"……이걸로, 결정 짓는다!"

류지가 검을 겨누었다.

엄마에게 배웠던 자세를 취했다.

그것은 엄마 직전의 필살 오의. 【비장의 수단】이다.

하지만 그래도 투구에게 받은 데미지 때문에 류지는 만신창이였다.

"손이…… 떨려…… 눈이…… 흐려서……."

도저히 기술을 펼칠 만큼의 체력이 남아 있지 않았다.

이제 끝인가…… 라고 생각한 그때였다.

"류지 군!"

후왓…… 하고 류지의 몸을 따뜻한 빛이 감쌌다.

고통이, 사르륵…… 하고 사라져 갔다.

"체키타 씨에게 배운 마법을 건 거예요! 류지 군! 힘내요!"

시라가 멀리서 자신에게 회복마법을 걸어준 것이다.

류지는 웃었다.

동료와, 던전에서, 모험가로서, 여기에 서 있다는 사실에.

"……스으으으읍."

류지는 검을 겨누었다.

이미 고통에 의한 떨림은 멈추었다.

"GIGAAAAAAAAAAAAAAAAAAAAAAAAA!!!!"

투구가 절규를 지르면서 류지를 위협했다.

하지만 이제 전혀 무섭지 않았다.

류지는 눈을 감았다.

뇌리에 오늘까지의 일들이 떠올랐다.

집을 나와 모험가가 되었다.

동료가 생기고, 같이 모험을 했다.

그 뒤에, 항상 엄마가 따라왔다.

항상, 위험하다고 말하면서 류지를 과보호하던 엄마.

기억 속의 카르마는 항상 류지 앞에 양팔을 펼치고 지키려고 서 있었다.

그 카르마가…… 지금은 자신의 뒤에서 믿고 기다려 준다.

……아아, 모험가가 되길 잘했다, 라고 류지는 진심으로 생각했다.

……눈을 떴다.

투구는 이제 거의 앞까지 와 있었다.

"GIGAAAAAAAAAAAAAAAAA!!!"

"……이제, 너 따위 무섭지 않아!"

류지가 엄마에게 배운 대로, 검을 들어 올렸다.

검은 완력으로 휘두르는 게 아니다. 마력을 담아 휘두르는 것이다.

몸과 마음을 이 일격에 다 담는다.

엄마의 오리지널 기술에는 전혀 미치지 못한다.

엄마의 힘에도 아직 멀고도 멀었다.

분명히 저 최강 사룡인 엄마에게 힘으로 이기는 일은 있을 수 없겠지.

그래도…… 류지는 힘을 계속 보여줄 거다.

엄마가, 안심해주는 그날까지.

"엄마의 직전……!"

류지는 위로 들어 올린 검을, 마력의 방출과 함께 휘둘렀다.

쿠콰과아아아아아아아아아아아아앙!!!!!!!!!!!!!!!!!

휘둘러진 류지의 검에서 마력의 칼날이 충격파과 함께 날아갔다.

고속의 참격이 되어, 투구를 향해 날아간다.

"GI…………!!!"

투구는 피할 틈도 없이, 류지가 날린 칼날에 의해 세로로 두 조각이 나버렸다.

"GA…… GI………!!!"

쿠우우우우우우우우우웅………………….

땅이 크게 울린 뒤에, 지진.

두 조각이 난 투구가 그 자리에서 좌우로 쓰러졌다.

그 뒤에는 드롭 아이템이 남겨졌다.

"헉…… 헉…… 헉…….'

류지는 검을 떨어트리고, 그 자리에 무릎을 꿇었다.

승리의 미주에 취할 여유는 없었다. 이미, 녹초가 되었다.

가지고 있는 힘은 모두 쥐어짜 냈다. 그러니까 이제, 서 있을 수 없었다.

"해냈어……이겼다……고. 엄마…….'

류지가 그 자리에서 머리부터 쓰러지려고 한…… 그때였다.

폭신.

뭔가 부드러운 것이 류지를 안았다.

달콤한 향기. 부드러운 감촉. 녹을 듯한 온기.

……류지는 그것을 알고 있다.

철이 들었을 때부터 알고 있다. 그 온기를 잊을 리가 없다.

류지가 눈을 뜨자, 그곳에는…….

"엄, 마……?"

아름다운 흑발의 여성이 눈물을 흘리면서 류지를 정면에서 안고 있었다.

"네, 그래요. 당신의 엄마예요."

카르마는 미소를 지으면서, 류지를 꼭 껴안아 줬다.

옛날부터 무척 좋아하던 엄마와 포옹하는 감촉에 류지는 안도감을 느꼈다.

"나, 노력했…… 지?"

그러자 카르마는 "그래요…… 그럼요…….."라며 몇 번이고 고개를 끄덕여 주었다.

그 눈에서 반짝반짝 빛나는 따뜻한 눈물이 흘렀다.

"당신은 무척 노력했어요. 류 군, 무척 훌륭해졌네요."

카르마는 류지의 머리를 껴안고, 강하게 포옹했다.

"당신은 엄마의, 자랑스러운 아들이에요."

……그 말을 들은 류지는 기뻐서, 정말 기뻐서 참을 수

없었다.

류지는 자신의 나약함이 싫었다.

언제까지고 엄마를 걱정시키는 약한 존재인 자신이 싫었다.

최강인 존재가 가족인 덕분에 류지의 나약함이 더욱 두드러졌다.

그렇기에 류지는 다른 사람들보다 훨씬 노력하려고 생각했다. 하지만 그것은 절대, 세계를 정복하고 싶다든지 뭔가를 쓰러트리고 싶다는 파괴 충동이 동기가 된 것이 아니었다.

류지가 강해지고 싶다고 생각한, 행동 원리는 지극히 단순했다.

엄마를, 안심시켜주고 싶었다.

상냥한 엄마에게, 이제 자신은 괜찮다고 생각하게 해주고 싶었다. 최강의 엄마인 그녀의 아들이라는 사실을 엄마 자신이 자랑스러워해 줬으면 했다.

류지는 이 도시에 와서, 카르마한테 사룡으로 변신하지 말아 달라고 부탁했다.

그것은 자신이 영웅의 아들이라고 신분을 밝힐 자신이 없었기 때문이다.

"엄마…… 있잖아……."

하지만 지금은 말할 수 있다.

자신이 누구고, 누군가의 무엇인지.

"나…… 엄마의 아들이라, 다행이야."

류지가 그 말을 하자 카르마는 고개를 크게 끄덕였다.

몇 번이고 몇 번이고 고개를 끄덕여 줬다. 그리고 미소 지어 줬다.

엄마의 미소를 본 류지는 안도의 한숨을 쉬더니, 그대로 깊은 잠에 빠진 것이다.

아들과 그 파트너인 시라가 금강 투구를 쓰러트린, 다음 날의 일이다.

점심쯤. 카르마는 자택의 거실에 있었다.

거기 체키타가 들어왔다.

"하~이, 카르마. 아직도 류를 감시하고 있어?"

체키타는 쓴웃음 지으면서, 카르마를 보고 말했다.

카르마는 【거울】을 손에 들고 충혈된 눈으로 거울 안의 영상을 보고 있었다.

이것은 멀리 떨어진 장소의 영상을 비추는, 마법의 거울 이다.

카르마가 【만물창조】의 스킬을 사용해서 꺼낸 것이다.

"시끄러워요. 지금 말도 안 되는 이머전시 사태가 일어 났다고요! 당신을 상대할 시간은 없어요!"

카르마가 얼굴을 거울에 들이대면서 말했다.

"오늘은 류, 휴일이잖아. 미궁에 들어가지도 않았는데, 위험은 없지 않을까?"

참고로 아들의 상처는 카르마의 최상급 광마법에 의해 완벽하게 회복되었다.

오늘 류는 모험을 쉬고, 하루 놀기로 되어 있었다.

"휴식이기에 긴급 사태가 벌어진 거잖아요! 보세요 이 걸!"

카르마가 거울을 체키타에게 들이댔다.

거울에는 아들 일행의 영상이 비추고 있었다.

"류와 시짱이잖아? 둘이…… 어머나, 보석 상점으로 들 어가네."

오늘 류는 시라를 불러서 거리로 나간 것이다.

"당신, 따라간다고 용케 말하지 않았네."

"그게…… 류 군이 따라오지 말라고 했다구요……."

사실은 무척 따라가고 싶었지만, 아들이 그렇다면 참아 야지.

그 모습을 본 체키타가 눈을 감고 조금 기쁜 듯이 웃었 다.

"그래. 성장했네, 카르마."

그 눈가에 살짝 눈물이 맺힌 게…… 카르마는 전혀 맘에 들지 않았다.

"그러나 으그그…… 역시 따라가야 했어요…… 크으으 으윽……."

거울 안에 시라와 류지가 보석을 고르고 있었다.

'어느 게 좋을까?'

'뭐든 다 잘 어울린다고 생각해요!'

화기애애한 아들 일행을 보고……카르마는 덜덜덜……이가 떨렸다.

"이, 이것은 혹시 세간에서 말하는……."

"흠흠."

"연인에게 선물할 보석을 고르는 그거일까요?!"

나이가 비슷한 남녀. 보석 가게. 어느 게 어울릴까?

이런 요소들을 봐서 류지가 시라에게 교제를 신청하려는 것이라는 결론을 냈다.

"아아, 아직 일러! 교제는 아직 너무 일러요! 하다못해 제2차 엄마 면접을 보고 나서!"

카르마가 동요하는 한편, 체키타는 떡하니 입을 벌린 뒤에 깔깔 웃었다.

"아~…… 웃겨라~……. 어째서 그렇게 되는 건데."

거참, 이라며 엘프는 고개를 저었다.

"하여간 당신은 정~말로 재밌어. 응응. 보고 있으면 정말 질리지 않는다니까."

체키타가 히죽거리면서 카르마의 어깨를 툭툭 쳤다.

"그 여유로운 느낌, 최고로 짜증 나니까 빨리 그만두세요."

"어머, 어머나~ 화났어?"

후훗 웃고, 체키타가 카르마를 등 뒤에서 껴안았다.

"그 쓸데없는 지방 덩어리, 나한테 밀어붙이지 말아 주세요. 덥고 답답해요."

"부럽다, 를 잘못 말한 거 아니고? 류에게 젖을 먹인 가슴이니까."

"시끄러워요! 재빨리 꺼져주세요!"

카르마의 오른손에 【만물파괴】의 번개가 깃들었다.

"네네 미안하네요. 그럼 언니는 이만 퇴장할게."

체키타는 살랑살랑 손을 흔들고 그 자리를 벗어나려고 했…… 던 그때다.

……꼭 하고 카르마가 감시자의 옷 소매를 잡은 것이다.

"어라, 뭘까?"

"…………딱히."

카르마는 말을 흐렸다.

하려던 말이 감정의 필터에 걸려서 바깥으로 나오지 못하고 사라졌다.

이 여자한테 의지하는 것은 무척이나, 어마어마하게, 거슬린다.

하지만 쓸데없이 오래 사는 이 엘프라면 대답을 알고 있을지도 모르는 것이다.

……조금 전의 카르마의 발언을 이 여자는 【어째서 그렇게 되는 거야】라고 말했다.

그것은 즉, 카르마의 조금 전의 추론, 아들이 연인에게 프러포즈 운운은, 잘못되었을지도 모른다는 이야기다.

그것의 올바른 대답을 이 여자는 알고 있는 듯했다.

그러니까 알려줘…… 라고 말하고 싶어도 말할 수가 없었다.

엄마처럼, 아들의 모든 것을 알고, 엄마처럼, 여유가 있는 태도를 보인다.

그런 【자기보다 엄마다운】 체키타가 카르마는 싫었다.

……그녀와 비교하면 아무래도 자신의 미숙함이 눈에 띄니까.

하지만 그래도 이 여자를 완전히 멀리할 수는 없었다.

대답을 알고, 엄마로서 아들을 더 깊이 이해하고 싶으니까.

"후훗, 카르마. 너, 정말 성장했네. 훌륭하게, 엄마 노릇을 하고 있어."

체키타가 카르마에게 다가가 꼭 껴안았다.

"……빈말은, 그만두세요."

"어머나 어처구니없네~. 빈말이 아니야. 괜찮아, 당신은 훌륭한 엄마야. 설령 피가 이어지진 않았어도, 그 아이를 낳지 않았어도, 말이지."

"…………흥, 이다."

딱히 기쁘지도 않지만 조금은 마음이 편해진 것은……

비밀이다.

절대, 이 여자에게 속내를 드러내지 않겠어, 라고 카르마는 단단히 맹세했다.

"그러네~, 그럼 힌트."

팟, 하고 체키타가 떨어졌다.

"만약 진짜로, 연인에게 선물한다면 연인과 같이 가게에 가진 않겠지?"

"그런 건가요?"

"그런 거야. 당연하잖아. 선물은 상대에게【건네는】거야. 어째서 줄 상대와 같이 물건을 고르겠어?"

"……듣고 보니 확실히 그러네요."

엘프에게 지적을 받을 때까지 카르마는 위화감에 눈치채지 못했다.

아들이 시라를 아내로 맞이해 임신시키고 결혼 골인 뒤로 첫 손자 탄생 축하!

라는 스토리가 앞섰기 때문에 감정적으로 되어버리고, 냉정한 판단을 내리지 못한 것이다.

체키타는 그런 카르마의 감정 흐름을 꿰뚫어 본 듯이 웃었다.

"뭐 훌륭한 엄마라도 해도, 엄마로서의 레벨은 아직 낙제점 수준이네."

그 말을 듣고 카르마는 최고로 발끈했다.

그런 것, 이 녀석한테 듣지 않아도 잘 알고 있으니까.

"잽싸게 꺼져 이 쓸데없는 살덩어리 엘프!"

카르마는 【만물파괴】를 발동시키려고 했지만, 그 순간에 감시자는 사라져버렸다.

【류가 돌아오면 전부 알게 될 테니까, 그럼 나중에 봐~.】

목소리만으로 카르마한테 그렇게 말하고는 체키타의 기척은 완전히 사라졌다.

그 뒤에 카르마만 남았다.

"……정말, 싫은 여자네요, 정말."

카르마는 의자에 앉아, 휴우 하고 한숨을 쉬었다.

조금 전까지 감정의 고양은 사라졌다.

……돌아오면 모두 안다.

딱히 저 엘프의 말을 신용한 것은 아니지만, 뭐 일단은 말이지.

"하여간 돌아오는 것을 기다리도록 할까요."

카르마가 정신을 차려보니, 조금 전보다는 온건한 마음가짐으로 아들의 귀가를 기다릴 수 있을 것 같았다.

☆　☆　☆

그리고 몇 시간 뒤, 저녁.

류지는 수인 시라와 함께 자택으로 돌아왔다.

"다녀왔습니다~."

퍽! 하고 뭔가 부딪히는 소리와 "하응."이라는 귀여운 비명.

발아래를 보니, 엄마가 문 앞에 앉아서 이마를 손으로 누르고 있었다.

"어, 엄마? 괜찮아?"

류지가 허둥지둥 엄마의 곁으로 다가갔다.

"괜찮아요. 아무렇지 않네요."

벌떡 일어나 카르마는 말했다.

"이마, 혹이 나지 않았어?"

류지는 걱정해서 엄마의 이마를 손으로 만졌다.

부어 있는 느낌은 없다……고 확인했다. 그때였다.

"…………. 후에에에에에에에에엥!"

하고 엄마의 눈에서 폭포 같은 눈물이 흐른 것이다.

"어, 엄마?! 아팠어?!"

"아니예요오~! 아들이 걱정해준 게, 기뻐서어 ~~~~~~~~~~~!"

엉엉 어린아이처럼 우는 카르마.

류지는 안도했다.

다행이야, 괜찮아 보여. 엄마가 과장된 것은 평소와 같아서, 오히려 안심했다.

"오늘이라는 날을, 류 군이 엄마의 몸을 걱정해준 날로 삼아, 국민적인 명절로 지정하도록 해요!"

"그거 이미 있지 않았나?"

뛰어올라 눈물을 닦은 카르마가 바보 같은 소리를 했지만, 류지는 가볍게 흘려넘겼다.

"명절은 아무리 많아도 좋은 거예요. 이름이 겹친다면【류 군이 엄마의 몸을 걱정해준 날 파트2】로 설정하도록 하지요."

"그것보다 엄마."

아무리 시간이 지나도 이야기가 진행되지 않아서 류지는 재빨리 용건을 끝내기로 했다.

이것을 위해서 오늘은 시라와 거리에 나갔다 왔으니까.

"건네주고 싶은 게 있어."

류지는 주머니에서 작은 상자를 꺼냈다.

상자를 열자, 그곳에는…….

"브로치, 인가요?"

[금강석]을 가공해서 만든 브로치다.

금으로 만든 토대에 커다란 다이아몬드가 올라가 있다.

"아니, 브로치가 아니야. 엄마, 전에 준 목걸이 잠깐 줄래?"

엄마는 고개를 끄덕였다.

그 목에 걸고 있던 금속으로 된 목걸이를 건넸다.

"전부터 생각했어. 준 그 목걸이, 조금 너무 싸구려라고."

"그런 말도 안 되는!! 아들이 돈을 내서 사준 물건인걸요! 그것만으로도 최고의 선물이에요! 국보로 지정해도 좋을 정도라니까요!"

"그럴 리가 없잖아, 정말!"

쓴웃음 지으면서, 그렇게 준 것을 소중하게 여겨줘서 류지는 기쁘게 생각했다.

그래도 역시나, 류지가 준 목걸이에는 장식도 아무것도, 보석조차도 달리지 않았다.

좀 너무 살풍경하다고 할까, 싸구려 느낌을 부정할 수 없었다.

목걸이에 조금 전의 브로치를 붙이고 완성.

"응, 됐어. 자 엄마. 받아줘."

"이것은……! 이거스ㅇㅇㅇㅇㅇㅇ은!!"

조금 전까지 간소한 목걸이였는데 금강석을 붙여서 목걸이로서 그레이드가 올라갔다……는 듯이 류지는 생각되었다.

"엄마한테 어울리는 보석을 찾아다녔어. 뭐가 좋은가 하고. 그랬더니 시라가 말이야, 얼마 전에 쓰러트린 금강투구한테서 채취한 다이아몬드는 어떤가 해서."

지난번에 쓰러트린 보스 몬스터는 마력 결정(환금 아이템) 이외에도 아이템을 드롭한 것이다. 그 안에 다이아몬드 덩어리라는 아이템이 있었다.

"보석 가게 사람에게 가공을 부탁할 수 있는 가게를 소개받아서, 그걸 만들어왔어."

엄마의 가슴팍에서 빛나는 다이아 펜던트를 보면서 류지는 만족스럽게 끄덕였다.

엄마의 검은 머리카락에, 백은의 다이아는 잘 어우러졌다.

마치 밤하늘에 뜬 별 같다.

"......................."

류지는 카르마의 감상을 기다렸다.

하지만 아무리 기다려도 엄마는 아무런 말도 하지 않았다.

이상하다고 생각해서 카르마를 잘 보니…….

"류, 류 군! 카, 카르마 씨가! 선 채로 기절한 거예요!"

시라가 카르마에 다가가서 말했다.

그때 엄마의 몸이 그대로 뒤로 쾅당! 하고 넘어졌다.

"어, 엄마! 지금 퍽……! 하고 머리에서 나서는 안 되는 소리가 났는데!"

류지는 허둥지둥 시라와 함께 엄마에게 다가갔다.

시라는 토끼 귀를 카르마의 가슴에 대고 얼굴이 새파랗게 질렸다.

"류지 군! 시, 심장이 움직이지 않아요!"

"뭐라고?! 어째서? 엄마?! 엄마 정신 차려!!"

류지는 엄마를 마구 흔들었다.

그러나 카르마는 흰자위를 보인 상태로 심폐 정지 상태에 빠졌다.

"엄마 싫어! 일어나!"

"네, 일어났습니다—————!!!"

폴짝! 하고 뛰어 일어난 카르마가 부활했다.

류지 파티는 뒤로 털썩 굴렀다.

"위험해라, 위험해…… 너무 기뻐서 죽는 줄 알았어요."

"무슨 소리 하는 거야! 줄 아는 게 아니라 죽었었다고!"

류지는 거칠게 외치며 엄마의 몸을 투닥투닥 때렸다.

"어, 그랬나요? 몰랐어요."

"다행이야…… 되살아나서."

휴, 하고 진심으로 안도의 한숨을 쉬는 류지.

"아니 그보다 어떻게 되살아났어? 심장이 멈췄었는데."

"어머. 재밌는 말을 하네요. 우리 아들의 부탁이라면, 그게 그 어떤 난제라고 해도 해낸다. 그것이 세상의 엄마라는 존재인 거예요."

아니 아들의 부탁에 되살아난다니 그런 묘기, 세상이 넓다고 해도 이 엄마밖에 할 수 없겠지.

"다행이야……. 흑, 카르마 씨가 무사해서……."

"민폐를 끼쳤네요, 시라. 나중에 제대로 사죄할게요."

문득…… 상냥한 표정으로 카르마가 시라의 머리를 쓰

다듬었다.

토끼 귀 소녀는 "에헷."하고 웃었다. 이렇게 보면 부모 자식 사이로 보이지 않는 것도 아니다.

"그러면……아 맞아!!"

팽! 하고 카르마가 시라에게서 류지로 시선을 돌렸다.

"이 펜던트에 대한 감사의 말을 잊었네요! 이런 실패를 하다니! 이런 실태를 보이다니!"

그 자리에서 카르마가 사사삭……! 하고 무릎을 꿇더니 양손을 맞잡고 흐느껴 울었다.

"류 군이 이렇게 멋진 선물을 해줬는데! 감상은커녕! 고 맙다는 말도 제대로 하지 않다니! 이런 실태를 보이다니! 배를 갈라서 사죄를 해야!"

"아, 아니 딱히 됐다니까."

류지는 고개를 저었다.

"그리고 류 군! 이 펜던트와 목걸이 말이죠! 무척 멋져 요!"

카르마가 어린아이처럼 순진무구한 미소를 띠었다.

"감사합니다, 류 군! 이거 엄마의 보물 제2호가 되었어 요!"

엄마가 반짝반짝 빛나는 눈빛을 보냈다.

"있잖아, 있잖아, 류 군! 그럼 보물 1호는, 이라고 물어 봐 주세요!"

빨리! 라고 기대가 담긴 눈빛을 보내는 엄마.

"시, 싫어 부끄러워서……."

엄마가 원하는 대답은 알고 있었다.

하지만 그런 것, 이성 앞에서 말하기에는 부끄러워서 할
수 없었다.

"그럼 엄마가【원격조작】마법으로 말하게 해야지요!"

엄마가 마법을 발동시키려고 했다.

"아, 알았다고……. 그게, 그럼, 제1호는?"

그러자 엄마가 최고의 미소를 띠더니 류지를 정면에서
껴안았다.

"그야 물론! 류지 군, 당신이지요———!!!"

……안기면서, 류지는 생각했다.

정말, 이 엄마는…… 이라고.

호들갑스럽고, 과보호에.

최강인 주제에 아들의 일이라면 묘하게 멘탈이 약해져
서.

아들을 위해서 지나친 행동을 해버리는, 규격 외의 존재
지만.

그래도…… 이 사람이.

나의…… 엄마라고.

옛날도, 지금도, 앞으로도.

그렇게 줄곧 생각했고, 그렇게 생각하고 있고, 그렇게

계속 생각할 거다.

"자 류 군, 그리고 시라! 오늘은 축하연을 열어요!!"

"얏호~. 오늘도 축하연인 거네요~!"

"……정말, 어제도 축하연이었잖아."

류지는 쓴웃음을 지으면서, 그래도.

결국, 그 뒤로 엄마의 축하 요리를 전부 깔끔히 다 먹은 것이다.

아들에게 다이아몬드 펜던트 선물을 받은, 그다음 날의 일이다.

카르마는 자기 방에 있었다.

"흥흥흐~응 ♪ 흥흥흐~응 ♪"

전신 거울 앞에서 카르마는 서 있었다.

거울에 비추는 것은 검은 머리카락에 키가 큰 아름다운 인간 여성이다.

그녀야말로 세계를 멸망시키려고 한 사신을 쓰러트린 영웅, 사룡 카르마어비스의 인간 모습이다. 세계를 파괴하는 일도, 세계를 제로부터 다시 만드는 일도 가능한, 그야말로 최강이라는 수식어가 잘 어울리는 힘을 지닌 사룡.

그런 최강의 존재는 아들에게 받은 선물을 보며, 에헤헤하고 칠칠치 못한 표정을 짓고 있었다.

"류 군에게 받은 선물~ ♪ 정말이지 멋진 선물~ ♪ 국보로 등록해서 미래영겁, 남겨놔야지~ ♪"

카르마가 기분 좋게 목걸이를 보면서 에헤에헤 웃고 있는…… 그때였다.

"하～이, 카르마. 잘 지냈어?"

카르마의 등 뒤에 장신의 엘프가 출현한 것이다.

처진 눈과 그 너무나도 거대한 가슴이 특징적인 엘프. 이름은 체키타라고 한다.

사룡 카르마를, 국왕의 명령으로 감시하게 된 감시자였다.

"또 당신은 갑자기 나타나선……."

체키타는 밀정 활동을 비롯해 모습을 감추는 기술과 벽을 통과하는 스킬을 가지고 있다. 그런 듯하다. 또 평소 그녀는 모습을 감추고 카르마를 감시하고 있다. 그런 듯하다.

"자자, 그것보다 카르마, 당신 왜 그래. 무척 기분이 좋아 보이네?"

"후하핫! 알겠나요?!"

카르마는 의기양양한 혹은 우쭐한 표정으로 말했다. 그 얼굴은 마치 마왕이 세계를 정복한 이후의 표정처럼 보이지 않는 것도 아니었지만…… 그것은 제쳐놓자.

"이거 보여요? 짜잔!"

카르마는 목걸이를 건 채로 펜던트 부분을 체키타에 들이댔다.

"어머나 무척 예쁘네. 류한테서 선물?"

"그래에에에에에요! 그런 거랍니다! 이그젝틀리————
——!"

이예이! 라고 카르마가 텐션 MAX로 외쳤다.

"이 아들이! 엄마를 위해서! 사준 선물이라고요?! 어머
나 당신은 이런 것을 받은 적이 있나요? 없겠지요!"

카르마는 예이! 라며 즐거운 듯이 웃었다.

체키타는 항상 류지 앞에서는 이해심 있는 엄마처럼 군
다.

카르마는 그런 체키타에게 어머니라는 점에서 항상 패
배감을 느꼈다.

하지만 지금, 이렇게 자신만이 류지에게 선물을 받았
다. 체키타는 가지지 못했고, 카르마는 가지고 있다.

어머니로서……이겼다! 라고 생각하는 카르마였다.

……여담이지만. 사실은 류지는 체키타한테도 선물을
했다.

엄마 관련으로 신세를 지고 있다는 이유로 다이아몬드(카
르마에게 주고 남은 것)가 박힌 브로치를 선물한 것이다.

하지만, 그것을 카르마는 몰랐다. 체키타가 말하지 않
았기 때문이다. 말하면 어마어마하게 폭주할 게 분명했으
니까.

넘어가고.

"잘됐네, 카르마. 무척 멋진 선물이잖아. 부러워~."

체키타는 살짝 쓴웃음을 지으며 말했다.

"그쵸! 하아아아앙 정말!♡ 이렇게 멋진 선물을 주다니! 류 군 정말 좋아해요! 은하에서 가장 사랑한다고요―――――!"

카르마가 양팔을 펼치고 환희의 함성을 질렀다.

그런 한쪽에서 체키타는 카르마의 가슴팍을 들여다보았다.

"뭔가요?"

"응~. 뭐라고 할지, 모처럼 화려한 펜던트를 받았는데, 옷이 평소와 같은 것은 좀 그렇지 않나 싶어서."

카르마는 일상복인 스웨터에 치마를 입고 있는 복장이었다.

"괜찮아요. 옷 따위 아무래도 좋아요. 제 관심은 류 군뿐이라서요."

"하지만 모처럼 류가 화려한 장식품을 주었으니까 그에 맞춰서 화려한 옷을 입는 건 어때? 그편이 류도 기뻐하지 않을까."

"윽…… 일리 있을지도."

아들이 보낸 조금 더 화려하게 꾸미라는 숨겨진 메시지일지도 몰랐다.

……그리고 꾸민 엄마의 모습을 보여준다면,

"【와~, 정말 예뻐. 과연 내 자랑스러운 엄마야】…… 같은 것 같은?"

므후훗♡ 하고 카르마가 기쁨을 억누르지 못하는 듯이 웃었다.

"좋~았어! 저, 꾸며볼게요!"

카르마가 높이 선언했다.

"그럼 언니는 그 도우미를 해줄게."

"흥. 도움 따위 필요하지 않으니, 재빨리 돌아가세요."

"다각적인 의견을 받아들여야, 류지한테 더 많이 칭찬받게 될지도 모르는데?"

"어쩔 수 없네요! 특별케이스라고요!"

그렇게 해서, 카르마는 꾸며보게 된 것이다.

☆　　☆　　☆

카르마의 방에서.

침대 위에는 대량의 잡지가 놓여 있었다.

"이게 뭐예요?"

잡지를 들어 올리고, 팔랑팔랑 넘겼다.

"패션 잡지야. 최근의 옷을 입은 여성의 모습을, 마법으로 복사한 거지."

"……당신, 이런 젊은 애들 취향의 잡지를 읽는 건가요?"

모델로서 10대 전반부터 후반 정도의 여성만 찍혀 있다.

의외로 저연령층 대상의 잡지다.

"언니 것이 아니야. 시짱한테 빌려왔어."

"흐음, 시라는 꾸미는데도 신경 쓰는 건가요……플러스 5포인트."

엄마 면접 때 사용한 체크 시트에 숫자를 적어넣었다.

"당신 그거 아직도 하는 거야?"

"아들의 파트너니까요. 제대로 파악해둬야지요."

"분명히 장래에는 파트너가 될 것 같긴 해~."

"네? 무슨 소리죠?"

"으~응, 아무것도 아니야. 그것보다 봐, 이런 거 잘 어울릴 거 같지 않아?"

체키타가 침대에 앉아 페이지를 펼치고, 카르마에게 보여줬다.

청바지에 셔츠에 조끼라고 하는 보이쉬한 패션이었다.

"나 바지는 그다지 좋아하지 않는데요……."

"자자. 해보도록 해."

카르마는 전신 거울 앞에 섰다.

【만물파괴】로 지금 입고 있는 옷을 파괴하고, 잡지 속의 옷을 【만물창조】 스킬로 만들었다.

"어때요?"

"어머나 괜찮잖아? 당신 스타일이 좋으니까, 무척 잘 어울리는데?"

청바지를 입자 카르마의 엉덩이가 바짝 올라갔다.

다리는 평소보다 길게 보이고, 과연 미인 수치가 조금 올라간 듯이 보이지 않는 것도 아니었다.

"하지만 조금 펜던트와는 어울리지 않네~."

"여성스러운 디자인이니까요."

이건 아니라고 판정하고 다른 옷을 입어보기로 했다.

"여성스러운 옷이라면……역시 치마지. 이런 건?"

"……치마가 너무 짧아요. 엉덩이가 보인다고요. 기각."

"좋잖아~. 어때♡ 한 번만 입어 보자♡"

정말 어쩔 수 없다는 듯이 카르마가 손가락을 딱 하고 튕겼다.

"어머나~~~♡ 좋은데?"

거기 있던 것은…… 블레이저에 플리츠 스커트라는 교복 차림의 카르마였다.

"자, 잠깐 이건…… 치마 기장이 너무 짧다고요…… 완전히 엉덩이가 다 보이잖아요!"

조금 움직이는 것만으로 카르마의 속바지가 보일 것 같았다.

얼굴을 붉히고, 꾹……! 하고 손으로 누르는 카르마.

"좋네♡ 청춘이라는 느낌이야. 아, 하지만 펜던트에 교복은 잘 어울리지 않아."

"그럼 어째서 입힌 건데요?!"

카르마가 블레이저를 벗고 체키타에게 내동댕이쳤다.

부딪히기 전에 체키타는 사라지고, 다른 장소에 출현했다.

"그럼 다음은~."

"정말! 당신에게 맡겨둘 수 없어요! 내가 직접 정할 거예요!"

착······! 하고 카르마가 체키타에게 손가락을 내밀었다.

경계심을 그대로 드러내고, 으으······ 하고 신음했다.

"어머 그래? 그럼 언니는 그걸 구경해야겠네."

체키타는 침대 가장자리에 걸터앉았다. 긴 다리를 꼬고 가슴 앞에서 깍지를 꼈다.

카르마는 놓여 있는 잡지를 들었다.

"흐흥······ 이런 건 좋아 보이네요."

카르마는 딱, 하고 손가락을 튕겼다.

"고스로리 패션이라. 뭐 어울리지 않는 것도 아니지만······."

검고 프릴이 잔뜩 달린 드레스를 입은 카르마를 보며 체키타는 미묘한 표정을 지었다.

"오옷! 좋네요, 이거!"

한편 카르마는 뺨이 상기됐다.

"그건 조금 더 젊은 아이 취향의 패션이 아닐까······?"

"옷! 이런 것도 좋을지도!"

이 여자에게 맡긴 결과, 옷 갈아입히기 인형 꼴이 된 터라 무시하기로 했다. 믿을 수 있는 것은 나 자신과 류 군 뿐이다.

카르마는 딱, 하고 손가락을 튕겼다.

감색의 원피스에 가슴에 하얀색 천이 덧대어진 앞치마. 머리에는 헤드드레스라는, 더 메이드 패션으로 몸을 감쌌다.

"메이드 복이라니…… 너 조금 이상한 방향으로 흐르는 거 아니야……?"

"어머! 좋잖아요!"

룰루랄라 카르마는 전신 거울 앞에서 스커트를 잡고 머리를 꾸벅 숙였다.

"어서 오세요, 류지 도련님…… 어쩜! 어쩜, 이렇게!"

실로 즐거운 듯이 카르마는 웃었다.

체키타는 막으려고 했지만, 카르마의 즐거운 표정을 보고 그만두었다.

"헉……! 여기에 안경을 써보는 것은…… 어떨까요?!"

"우와! 좋아! 유능한 여성의 느낌이 풀풀 나네요!"

이미 초반의, 펜던트와 잘 어울리는 옷을 찾는다는 목적을 카르마는 잊고 있었다.

"메이드 복이면…… 고양이 귀 같은 것도 잘 어울릴지도 몰라요!"

"고양이 귀면……꼬리도 달아야겠지요!"

"우와! 고양이 귀 메이드는 우아함은 있지만 조금 촌스러워요!"

"그렇구나! 학교 수영복! 학교 수영복도 좋을지도 몰라요!"

"아아 하지만 학교 수영복으로는 메이드의 느낌이…… 헉! 헤드 드레스! 이것만 달면 메이드 느낌이 나요! 천재네요!"

카르마의 폭주는 멈출 줄을 몰랐다.

메이드 복에는 점점 묘한 옵션이 추가되었다.

"이, 이것은……!!!"

거울 앞의 카르마가 외쳤다. 그녀는 최종적으로,

"학교 수영복, 안경, 고양이 귀와 고양이 꼬리! 손에는 고양이 글로브 그리고 무릎까지 오는 양말! 이거예요! 이것이야말로 세련되었다고요!"

예이! 라며 카르마가 고양된 듯이 높이 외쳤다.

"그러면 보여주러 갈까."

체키타는 쓴웃음을 지으면서 일어서서 말했다.

"보여준다고? 누구한테요?"

"류 이외에 누가 있겠어?"

"과연! 그렇긴 하네요! 좋아 류 군 기다려줘요!"

카르마는 체키타를 이끌고 류지의 방으로 향했다.

지금 그는 방에서 내일 모험을 대비해서 준비하고 있을 것이다.

……똑똑.

【누구세요?】

"엄마랍니다! 보여주고 싶은 게 있어요! 들어가도 괜찮을까요?"

카르마의 목소리 톤이 높아졌다. 이미 무척 설레고 있었다.

【들어와~】

"실례~합니~다!"

카르마는 문고리에 손을…… 대지 않고 문을 향해 그대로 전진했다.

쾅아————————앙!

"뭐, 뭐야?!"

류지가 경천동지했다.

카르마는 문을 여는 게 아니라, 문을 깨부수고 안으로 들어간 것이다.

류지에게 빨리 보여주고 싶은 나머지, 마음이 앞선 것이다.

"나중에 고쳐둘게요. 그것보다! 류 군! 어때요?!"

"으~~~~응············ 평소 입는 엄마 옷이, 가장 잘 어울려."

억지로 대답을 쥐어짜 내는 듯한 느낌이 있었지만, 카르마는 눈치채지 못했다.

"과연! 그러네요!"

카르마는 곧바로 【만물파괴】의 스킬을 발동했다.

체키타의 의견 따위, 류지의 의견 앞에서는 쓰레기다.

"류 군이 평소와 같은 복장이 잘 어울린다고 한다면 그것이 정의! 저스티스! 그럼 이것은 재빨리 파기할게요."

지금의 묘한 패션을 모두 파괴하고 알몸이 된 카르마.

"어어어어, 어째서 전라가 되는 거야!"

류지가 얼굴을 새빨갛게 물들이며 고함을 질렀다.

그 전에, 카르마는 【만물창조】로 평소 복장으로 돌아왔다.

"역시 평소와 같은 게 가장 좋았던 거네요~."

체키타가 킥킥 웃었다. 류지도 휴…… 하고 안도의 한숨을 쉬었다.

그렇게 카르마는 지금까지와 같은 패션을 관철하기로 한 것이다.

• **자기소개**

안녕하세요, 이바라키노라고 합니다!

이 최강 드래곤 엄마의 엄마입니다! (탄생시킨 부모라는 의미에서)

주로 소설가가 되자, 라는 게시판에서 활동하고 있습니다.

2018년 11월에 소설가로서 데뷔하고 지금에 이르렀습니다.

• **이 작품이 태어난 경위**

처음에는 자신의 업무에 열심히 노력하는 여자아이의 이야기를 쓰려고 생각했습니다.

동경하는 직업을 얻게 된 여자아이가, 실패를 반복하면서도 노력해가는 아침드라마 느낌의 산뜻한 스토리를 지향하며 이래저래 설정을 짜고 있었던 것이죠.

그랬더니 아침드라마 정도가 아니라 엄마 드래곤의 이
야기가 되어 있었다…… 무슨 소리 하는지 저도 잘 모르
겠습니다(진지한 얼굴).

하지만 콘셉트로 따지면 달라지지 않았다고 봅니다.
【엄마】라는 동경하는 직업을 얻게 된 여자아이 카르마가,
서툴면서도 열심히 좋은 엄마가 되려고 노력하는 모습을
그린다고 하는, 처음에 예정했던 이야기에서 많이 벗어나
지 않았다…… 고 믿고 싶네요.

● **작품 소개**(※진지하게 하겠습니다)

어떤 곳에 류지라고 하는 15세의 상냥한 소년이 있었다.

그는 고아이며, 숲 안에 혼자 버려져 있었다.

그를 주운 것은, 최강 사신의 힘을 흡수한 칠흑의 드래
곤, 카르마어비스.

세계를 부수는 것도 창조하는 것도 자기 뜻대로인, 최강
의 사룡이었다.

카르마는 너무나도 아들을 좋아한 나머지, 류지에 대해
서 과보호를 하게 되었다.

언제까지고 엄마에게 어리광부릴 수는 없다고 생각한
류지는, 15살의 생일 때,

"이 집을 나가서 독립할 거야."라고 전했다.

당연히 엄마는 엄청나게 반대. 어찌 되었든 카르마는 최
강의 사룡. 완력으로는 도저히 당해낼 수가 없지만, 어떻

게든 설득을 해서 집을 나가게 되었다. 그러나 아들이 너무 걱정된 카르마는, 자신도 모험에 따라간다고 말했다. 거부하면 이 별을 부순다고 협박을 받은 류지는, 어쩔 수 없이 엄마 동반으로 모험가가 된 것이다.

과연 류지는 최강 엄마에게 휘둘리면서 한 사람 몫을 하는 남자가 될 수 있을까?

• 근황

이번 후기를 8페이지 정도 적어도 되는 듯해서 근황을 적어보겠습니다.

얼마 전에 오버랩에서 【사은회】가 열렸습니다.

도내의 모 장소에서 개최되고 많은 작가분이 모였지요. 좋아하는 작가 선생님과 무척 유명한 선생님까지 있어서, 대단한 곳에 왔구나…… 하고 전율하면서도, 자신 이외의 작가와 직접 만날 기회가 그리 많지 않은 터라 무척 신선하고 즐거웠습니다.

1차 모임부터 즐거웠습니다만, 2차 때는 최고였습니다! 주위에 있는 사람들이 전부 소설가뿐이라 이야기가 너무나도 잘 맞아서! 농담이 아니라 인생에서 가장 즐거운 술자리였네요! 작가가 되어서 진심으로 다행이라고 생각했습니다!

• 근황01

최근의 사건이라면 【후기 다시 쓰기】 사건이 있었습니다.

그것도 이 후기 사실은 적는 게 3번째입니다.

첫 번째 후기는 픽션에 너무 치우쳐 있었습니다. 어떤 내용이었냐고 하면【정년을 맞이한 작가(나)가 이 작품을 쓰면서 죽은 아내와의 추억을 돌아본다】는 수수께끼의 픽션이었습니다. 그게 뭐야! 나 결혼조차 하지 않았잖아! 폐기.

두 번째 후기는 첫 번째의 반성을 살려서 최대한 평범할 것을 주의하며 적었습니다.

가능한 한 평범하게, 몇 번이고 몇 번이고 문장을 퇴고하고, 쓰고 지우고 쓰고 지우고 후기를 계속 썼습니다. 이것으로 승리다! 라고 생각한 후기를 자신만만하게 제출했던 겁니다. 그랬더니 편집부에서 "응~ 다시 써☆"라고 말하는 겁니다…… 그것도 "미안 SS 한 편 더 써줘☆ 5일 만에 잘 부탁~☆(이미 8편 썼다)"라는 추가 공격까지 받고 발광했습니다(사후보고).

편집부에서 악의는 없었으리라고 생각합니다만, 꽤 열심히 두 번째 후기를 적은 뒤였던 터라, 진짜 바닥에 떨어진 기분이었습니다. 구체적으로 말하자면 시라짱의 가슴 계곡 정도는 떨어진 기분? 어라 그다지 깊지 않은 거 아닐까……?

그렇게 되어서 다시 적으며 합계 세 번째의 후기가 된 겁니다. 노력했어, 나 진짜 노력했다고! 이렇게까지 노력

했으니까, 초밥 정도는 사줘도 괜찮지 않을까 하고 생각합니다.(업무처리)

• **근황 테이머즈**

초대, 02, 프론티어보다 저는 단연코 테이머즈파입니다.

최근에 눈에 띄는 사건으로서, 이 작품의 만화화가 개시된 것입니다.

매번 보내져 오는 콘티(만화의 설계도)와 완성품을 볼 때마다 대단하다고 순수하게 놀라고 기쁩니다.

자신의 머리 안에서 움직이던 캐릭터들이 울고 웃으며 뛰놀고 달을 파괴하는 모습을 만화로 읽는 경험 따위, 그렇게 자주 있을 수 있는 게 아니라서 신선했습니다. 그러니까 정말로 만화로 만들어주셔서 기뻤습니다.

• **감사의 말씀**

일단 일러스트레이터 카기야마 씨!

어떤 캐릭터든지 무척 귀엽게 그려주셔서, 감사합니다! 개인적으로 가장 마음에 드는 일러스트는 러프 단계에서 보내주신 시라의 우는 얼굴이었습니다. 그건 제 휴대전화에도 보관하고 있네요. 2등으로는 컬러페이지에 실린 카르마의 바보 같은 미소입니다. 그것도 최고.

최고로 귀여운 일러스트, 정말 감사합니다!

다음 편집부 Y씨(02파)!

항상 마이너스 사고를 하는 저를, 매번 격려해주셔서 감사합니다. 멋진 책을 만들어주셔서, 정말 감사하고 있습니다! 다만 "몇 페이지 추가로 쓸 수 있나요?"라는 질문에 "몇 페이지라도 써도 괜찮습니다☆"라고 대답했으면서 나중에 "역시 80페이지는 줄여주세요☆"라고 돌아온 것에 원한을 품고 있으니 빨리 야키니쿠를 사주세요(업무처리).

뒤이어 편집부 O씨.

엄마가 히로인이면서 드래곤이라는 묘한 작품을 '소설가가 되자'에서 발견하고 책으로 만들지 않겠느냐고 타진해주셔서 정말 감사했습니다.

뒤이어서 만화화를 담당하신 시시마루 씨!

매번 하이퀄리티의 만화를 그려주셔서, 정말로 감사합니다!

매화 무척 재밌고 몇 번이고 "이 사람이 원작을 썼어도 됐잖아!"라고 생각했습니다.

카르마마를 미인에 귀엽고 익사이팅하게 그려주셔서 울트라 땡큐!

그리고 만화 담당의 편집부 H씨!

누구보다 먼저 만화로 만들지 않겠느냐고 타진해 주셨던 게 진심으로 기뻤습니다. 시시마루 씨와 같이 최고의 만화를 만들어 주셔서, 정말 감사합니다!

또 교정 여러분, 디자이너분을 비롯해 작품을 만드는 데 관여해주신 여러분에게 깊은 감사의 말씀 올립니다!

그리고! 소설가가 되자, 때부터 읽어주신 독자 여러분 '만화 UP!'을 통해 제 작품을 알게 되어 읽어주신 독자 여러분, 정말 감사합니다!

이렇게 많은 분들이 카르마와 류지의 이야기를 읽어주시는 게 진심으로 기쁘고, 또 자랑스럽게 생각합니다.

● **전언**

'만화UP'에서 만화판이 호평 연재 중입니다!

이쪽에서 어플리케이션 만화로 배포 중이니 어플리케이션을 다운로드해서 즐겨주세요.

또 만화판의 단행본은 이 서적판과 동시에 발매했습니다!

스퀘어에닉스의 강강코믹스 UP!에서 절찬 발매 중!

서적판, 만화판 모두, 무척 멋진 책으로 완성되었으니, 지갑에 여유가 있으시면 양쪽 다 구매해 주신다면 감사하겠습니다!

뒤이어서 다른 작품이 됩니다만, 소설가가 되자에 투고했던 작품이 서적화되었습니다.

'전직 영웅은 평민으로 살고 싶어 ~용자 파티에서 부조리하게 쫓겨난 나. 이것을 계기로 시골에서 삶을 시작했지만, 주위에서 나를 그냥 두질 않아'.

이 작품, 송구하게도 【제1회 어스스타노벨대상】의 기간 중에 수상하게 된 작품입니다.

2019년 이내에 발매 예정입니다. 괜찮으시다면 그쪽도 부디!

• **끝인사**

그럼 지면도 다 사용했으니, 이쯤 실례하겠습니다.

카르마와 류지의 깊고 깊은 모자의 정에 관한 이야기, 즐겨주셨다면 행복하겠습니다.

2019년 6월 모일 이바라키노

후기

안녕하세요, '모험에 따라오지 마, 엄마!'의 일러스트를 담당한 카기야마/Clave입니다.

가볍게 '카기야마'라고 불러주시면 감사하겠습니다.

디자인이 특기 분야라서, 즐겁게 작업할 수 있었습니다.

이 자리를 빌려서 감사의 말씀을…… 정말로 감사했습니다!

디자인하면서 카르마마가 현대의 물건을 만들어낼 수 있다는 사실을 알았을 때 류지 군과 같은 생각을 했네요.(웃음)

———

모험에 따라오지마, 엄마! 1
~초과보호하는 최강 드래곤에게 키워진 아들, 엄마와 동반해서 모험가가 되다~

초판 1쇄 I 2020년 08월 25일

지은이 이바라키노 I **일러스트** 카기야마/Clave I **옮긴이** 구자용
펴낸이 서인석 I **펴낸곳** 제우미디어 I **출판등록** 제 3-429호
등록일자 1992년 8월 17일 I **주소** 서울시 마포구 독막로 76-1 한주빌딩 5층
전화 02-3142-6845 I **팩스** 02-3142-0075 I **홈페이지** www.jeumedia.com

ISBN 978-89-5952-954-4
        978-89-5952-953-7 (set)
*파본은 구입하신 서점에서 교환해 드립니다.

I 제우미디어 트위터 twitter.com/Jeumedia

만든 사람들
출판사업부 총괄 손대현 I **편집장** 전태준
책임편집 서민성 I **기획** 박건우, 안재욱, 양서경, 이주오
디자인 총괄 디자인그룹 헌드레드 I **제작, 영업** 김금남, 권혁진